UN HOMBRE TOCA A LA PUERTA, BAJO LA LLUVIA

UN HOMBRE TOCA A LA PUERTA, BAJO LA LLUVIA

Rodolfo Pérez Valero

PLAZA JANÉS

Un hombre toca a la puerta, bajo la lluvia

Primera edición: octubre, 2010
Primera edición tapa dura: octubre, 2010

D. R. © 2010, Rodolfo Pérez Valero

D. R. © 2010, derechos de edición mundiales en lengua castellana:
Random House Mondadori, S. A. de C. V.
Av. Homero núm. 544, col. Chapultepec Morales,
Delegación Miguel Hidalgo, 11570, México, D. F.

www.rhmx.com.mx

Comentarios sobre la edición y el contenido de este libro a:
literaria@rhmx.com.mx

Queda rigurosamente prohibida, sin autorización escrita de los titulares del *copyright*, bajo las sanciones establecidas por las leyes, la reproducción total o parcial de esta obra por cualquier medio o procedimiento, comprendidos la reprografía, el tratamiento informático, así como la distribución de ejemplares de la misma mediante alquiler o préstamo públicos.

ISBN 978-607-310-189-9 (rústica)
ISBN 978-607-310-246-9 (tapa dura)

Impreso en México / *Printed in Mexico*

Prólogo

Conocí a Rodolfo Pérez Valero en los intrincados momentos en que formábamos la Asociación Internacional de Escritores Policiacos (AIEP). Era una apuesta interesante que tropezaba con todos los obstáculos de la Guerra Fría. Él fue el impulsor, junto con Molina, de aquel encuentro de La Habana que terminó en el cuarto 611 del hotel Capri, donde cinco autores se sumaron a los dos cubanos (Chavaría, de Uruguay; Prochazka, checo; Semionov, ruso, y dos mexicanos, Ramírez Heredia y yo) para crear la AIEP.

Rodolfo practicaba en esos años una versión cubana del *whodoneit,* una literatura muy próxima a la narración enigma, que resultaba un contrasentido en la agitada Cuba de mitad de la década de 1980, pero que había funcionado entre los lectores locales de una manera sorprendente.

Agudo, inquisitivo, trabajador metódico, fue el alma de la revista *Enigma,* una de las aventuras editoriales más divertidas que recuerdo.

Nos reunimos en medio planeta y, al final, varias veces pasó por mi casa en la ciudad de México y aprendió a lavar platos, cosa que no hacía en La Habana, eternamente rodeado de tres mujeres. Nos vimos mucho en aquellos años y cambiamos mil y una conversaciones, por otro millar de dudas y bien pocas certezas. Estuvimos juntos en los grandes debates de la AIEP, cuando logramos que el voto fuera secreto, o cuando la organización creció más allá del millar de miembros. Nos divertimos mucho rehuyendo manipulaciones e intentos de hacer negocios medio turbios con nosotros como pantalla.

De aquellos años surgieron los apodos de *Rodolfín* y *Pakunin*, que servían como clave de confianzas.

Cuando dejó La Habana y se instaló en Miami, pensé que iría a dejar de escribir. Que para él se habían terminado las letras. Un escritor hispano en los Estados Unidos, a no ser que forme parte del gran espectáculo y el *marketing,* es poco menos que el socialismo polaco de hace años, totalmente inexistente. Perdida la compulsión y el premio de los lectores cubanos, enormemente limitado el tiempo libre, obligado a la cacería del dólar para la supervivencia, de una manera diferente a la habanera, la literatura pasaría a formar parte de lo prescindible.

Yo me equivocaba.

Tras una breve sequía, lentamente, sus nuevas historias, en la forma de cuentos, comenzaron a asomar la cabeza. Y me dejaron sorprendido. Rodolfo conservaba un gusto por la experimentación que tenía desde sus primeros relatos recogidos en los libros *Para vivir más de una vida* y *Descanse en paz Agatha Christie*; pero había algo más, mucho más. Cada cuento era una pieza maestra, que lograba una técnica narrativa diferente. Cada cuento contenía un hallazgo.

Entre los narradores policiacos latinoamericanos, el cuento no ha sido afortunado. Si excluimos dos o tres de Ramírez Heredia y algunos de Eduardo Antonio Parra, los narradores del negro buscan la longitud de la novela que les permite desplegar tramas y personajes, ciudades y paraísos pervertidos.

Rodolfo en cambio tiene esa agilidad de la trama corta que le permite amarrar en media docena de cuartillas una anécdota y sus historias eran cada vez más ingeniosas.

Usó como plataforma y motivación para romper el aislamiento el concurso de cuentos de la Semana Negra de Gijón, que cumple ahora 22 años.

Y ahí, siempre variando de seudónimo, comenzó a ganar el concurso, compitiendo año con año contra varios centenares de cuentos de primeras plumas del género negro de España, la propia Cuba, México, Colombia, Argentina, Chile, Venezuela. El resultado no puede dejar de ser calificado como sorprendente: Al paso de los años, ha ganado cinco veces el premio y ha obtenido una mención de finalista.

Desde "Lección 26", que juega con la idea de la variedad wagneriana de los finales, pasando por "Las reglas del juego", donde Rodolfo suelta el ingenio, hasta el genial "Sinflictivo", que demuestra cómo un burócrata de izquierda y uno de derecha se parecen como dos gotas de agua. Rematando con dos obras maestras: "Dioses y orishas" y "Querido subcomandante Marcos", donde hay un verdadero combate por la creación de un lenguaje nuevo.

Con este libro, donde se reúnen experimentos realizados a lo largo de más de 20 años, Rodolfo Pérez Valero se convierte en el gran cuentista del neopolicial latinoamericano.

Curiosamente los años en Miami lo fueron volviendo un hombre de izquierda. Alguna vez sentados en el porche de su casa, donde me deja fumar sin reprimirme, lo conversamos. Quizá porque ya no tiene que ser obligatoriamente y formalmente de izquierda, quizá porque la sociedad no le impone ahora un membrete ideológico, es cuando recupera una visión crítica y radical de la sociedad y de la literatura.

Y esto se nota mucho en su literatura.

PACO IGNACIO TAIBO II

Dioses y orishas

María Regina no entendía por qué el resguardo que le dio su Babalorixá en Brasil no la libró de esa esclavitud. Sólo sabía que no resistía más, y que tenía que aprovechar que don Marcial había salido hacia Madrid con Dragulescu. Por eso, se sobrepuso al inmenso miedo que intentaba paralizarla y, con una lentitud imposible, fue abriendo la puerta de su cuarto. Sacando valor de no sabía dónde, se asomó: el pasillo estaba desierto. A las cuatro de la madrugada, cuando se fue el último cliente, había echado algo en la leche del *Tarado*, y allí estaba al final del pasillo, dormido en el sofá junto a la puerta que comunicaba los cuartos, donde trabajaban y vivían las chicas, con el salón del bar. Sobre la punta de sus pies descalzos, para no despertar siquiera a las otras chicas que dormían en sus cuartos, caminó hacia la puerta, vigilando el sueño del *Tarado* mientras iba acercándosele. Al llegar junto a ese monstruo, sólo tendría que reunir el coraje suficiente para abrir con la llave maestra. Y huir de El Paraíso. Desde que abandonó Brasil, no se había podido comunicar con su familia, y su madre seguro estaba desesperada. Nueve meses atrás había salido con otras tres chicas de su pueblillo, en el borde de la selva amazónica, con un contrato para trabajar de camarera en España. Los reclutadores les dieron los documentos, los pasajes y el dinero para mostrar a las autoridades en el aeropuerto.

Dragulescu las recibió en Barajas, las metió en un coche y las llevó a un almacén lleno de chicas, donde estuvieron dos días. Eran rusas, rumanas, serbias, ucranianas y de esos países raros, y también otras brasileñas, junto a ecuatorianas, dominicanas, colombianas, nigerianas y otras africanas. A muchas también las habían engañado con el contrato para trabajar de camareras o en el servicio doméstico, acompañando a personas mayores o enfermos, o de azafatas en congresos. Una llorosa colombiana había creído que venía a un concurso de belleza. Pero a otras simplemente las secuestraron, como a una filipina que estaba de turista en Grecia y a una búlgara que una banda albano-kosovar la metió a la fuerza en un coche cuando regresaba de su trabajo en Sofía: ambas habían sido violadas por primera vez en Sicilia y convencidas a palizas y a violaciones múltiples e interminables en Milán y Marsella de que no tendrían escapatoria, y que no valdría la pena ni intentarlo, porque ése era su destino. En aquel almacén, Dragulescu las subastó a los dueños de prostíbulos, que examinaron a María Regina y a las otras chicas abriéndoles las bocas para revisarles los dientes y registrando cualquier intersticio de sus cuerpos, como si fueran ganado. Quizás la frescura de sus 16 años le había gustado a don Marcial, quien pujó por ella y la compró por seis mil euros. Junto a Olga, una pobre rusita que no hacía más que lamentarse en su extraño idioma, se la llevó en su coche. En cuanto llegaron a El Paraíso, las separó, metió a María Regina en un cuarto, le dio una paliza, la violó, trajo al *Tarado* para que también abusara de ella, y esa misma noche la obligó a "trabajar" a varios clientes, para que comenzara a pagarle "la deuda" de miles de euros, por gastos de viaje y trámites, que había adquirido con él cuando la compró. Pero esa esclavitud iba a terminar, porque en medio de un silencio sólo interrumpido por los cercanos ronquidos del *Tarado*, ya estaba moviendo la llave en la cerradura. ¡Ay, ayúdame, Xangó!, rogó María Regina, porque la puerta no se abría.

Ya esto no era España, se dijo Pedro mientras leía el diario en la recepción de su hostal, el Europa. Joder, a sus treinta y pico de años y tener que contemplar cómo seguían llegando africanos. Su tatarabuelo Manuel, que fue mayoral en República Dominicana, decía que los negros eran buenos, pero algunos sólo entendían el látigo. Y mira ahora, les quitaban los trabajos a los nacionales, en las aulas casi no había niños españoles, y en el autobús, uno era el extranjero. Y, para colmo, no se integraban. Los africanos, negros y árabes, eran todos musulmanes: les daban la espalda a las mujeres, querían tener varias esposas, y mataban a las hijas si se "occidentalizaban". ¡Qué tíos! Formaban sus guetos y venían a imponer su modo de vida. Ya aquí no se le rezaba a la Almudena sino a Alá, o a Obbatalá, que los cubanos y dominicanos vinieron con su oscurantismo, y los ecuatorianos buenos con su Virgen del Cisne pero los malos con sus pandillas. Porque ésa era otra: ya había suficiente chorizo con los nacionales y ahora los teníamos importados: que si las mafias turca, albanesa, rumana, rusa, marroquí, peruana, nigeriana, china y todas las mafias colombianas, desde los cárteles de Cali y Medellín hasta los guerrilleros de izquierda y derecha. ¡Joder! Matones, asaltantes, y hachís, heroína, y si hay que dispararle a la policía, se le dispara. Mafias de todo el mundo, uníos: venga, laven su dinero y cómprense la Costa del Sol, que el país es de ustedes. Si hasta éstos del bar El Paraíso se creen que pueden ser dueños del Europa.

A su lado, mientras anotaba en el libro las incidencias de su turno, Jesús se preguntaba por qué don Pedro no empleaba a Assane. Ya se lo había pedido más de una vez y el español no se decidía. Jesús, de ver al senegalés todos los días en la puerta, implorándole trabajo con la mirada, se había condolido de él y había salido a hablarle. No sabía ni cómo, muchas veces por señas, se entendieron. Assane era un hombre decentísimo. Le recordaba a sus primos, más negros que él, con los que se crió en una ciudadela de Santo Domingo. Pero qué podía esperar de don Pedro, si a él mismo no le ofrecía ningún contrato: así podía botarlo cuando quisiera. La economía de España se beneficiaba con los inmigrantes, pero mientras la mayoría de los españoles los aceptaban, algunos los trataban con desconfianza. Él ya tenía papeles, era técnico de laboratorio, pero no conseguía empleo en su profesión. Esto iba a cambiar, pues él le había hecho un ebbó a Elegguá en la Plaza del Sol. Y sus orishas siempre lo ayudaban. Cuando aterrizó en Barajas con su pasaporte, un boleto de ida y vuelta, dinero para los gastos y una carta de invitación de otro dominicano residente legal, él estaba preparado para convencer a la policía del aeropuerto de que era un turista, pero el resguardo que le dio su abuela Cachita hizo que no lo pararan. Ahora necesitaba dinero. Dragulescu y el don Marcial de El Paraíso le habían propuesto pagarle cuatro veces lo que ganaba en el Europa para que les buscara mujeres entre las dominicanas, cubanas y de otras nacionalidades. Pero no. Viviendo como pobre y teniendo hasta dos trabajos, había mandado dinero a su abuela y a su hermana, quienes habían vendido hasta lo que no tenían para ayudarlo a reunir los euros que necesitó para el viaje. Pronto las iba a traer a vivir con él, y a su novia, que estaba terminando la universidad en Santo Domingo. Y sabía que lo iba a lograr, porque cuando su babalocha lo consultó, Ifá vaticinó que él pasaría los últimos días de su vida aquí en esta tierra, pero rodeado de familiares.

En la puerta del Europa, Assane esperaba a que don Pedro lo llamara a trabajar. Su gri-gri lo ayudaría, porque esa especie de cinturón estaba hecho con las mismas cuentas de madera del gri-gri que dejó, junto al bebé, la princesa Oxuma, su tatarabuela que un día fue al cielo y desapareció junto a su marido, el rey Omgba. Sí, su gri-gri era especialmente mágico, Assane lo sabía. Estaba convencido desde que se lanzó al mar en un cayuco, con su primo Moussa y otras 92 personas, porque no tenía nada que perder, salvo la vida. Les pasó de todo. Se desorientaron en el mar, los traficantes les habían vendido la gasolina con agua y se les arruinó el motor, quedaron a la deriva, se les acabaron las galletas, luego el agua, y los sorprendió una tormenta. El oleaje les quebró en dos el cayuco, y una de las partes se hundió y arrastró a todos los que estaban cerca. Él se aferró a unos palos. Creyó que moría. Se fueron agotando. Se ahogaron su primo y nueve de sus amigos. Había cadáveres flotando dondequiera. Pero a él Alá lo cuidaba. Los divisó un buque de salvamento marítimo, que rescató a los 22 que encontró y los llevó a El Hierro. A algunos los hospitalizaron con hipotermia y deshidratación; allí otro amigo murió de un infarto. A él y a los otros sobrevivientes los llevaron a Fuerteventura, donde les dieron cama y comida. Y como le habían aconsejado, confundió a los entrevistadores para que no pudieran identificar de dónde procedía y regresarlo a su país. Y como seguían llegando otros y no cabían, lo enviaron en avión a Barajas, y de ahí a un centro de la Cruz Roja. Pero ya pasaron los tres meses de ayuda de las instituciones humanitarias y no había logrado nada. Vivía en un parque, junto a otros africanos, y dormía en un banco, si lo conseguía, o sobre un cartón junto a un arbusto. Se alimentaba en un comedor social cercano, cuando obtenía vales de la Cruz Roja, o lo ayudaba Caritas. Por las mañanas, se lavaba en unos baños públicos. Después dejaba su ropa, su manta y sus escasas pertenencias en una bolsa grande de plástico que amarraba a la copa de un árbol, junto a otros cientos de bolsas y mochilas de otros africanos como él, y salía a buscar empleo. Los primeros días, cuando pedía trabajo, los "tubab" no lo entendían. "Travail", les decía, y nada. Y quién sabe qué le respondían. Sólo hablaba el wólof de su patria, mezclado con algunas palabritas en francés, y también podía leer el Corán en árabe clásico, pero eso no servía para conseguir empleo. Así que comenzó a asistir a clases de español todos los días en la Cruz Roja. Estaba ansioso de aprender el idioma para encontrar trabajo, ir al médico, y conocer cómo funcionaba esta sociedad. Ya salía a "buscarse la vida", decía que se llamaba Assane y que era un senegalés muy trabajador, que era albañil y quería empleo, hasta decía que quería "currar", y algunos tubab sonreían. Pero no lo empleaban. Y entendía que en unos lugares no lo aceptaban porque su español todavía era muy elemental y en otros porque decían que tenían miedo de contratar a un "sin papeles" y que los sorprendiera la policía. Ser un inmigrante era malo, pero además, no tener papeles era como no existir, ser nadie. Vino a cambiar su vida y la de su familia, pero ellos allá en Dakar no se lo imaginaban: estaba durmiendo en un parque y con miedo a pasear, a que un policía le pidiera los documentos, miedo a que lo deportaran, a enfermarse, a no aprender español, miedo porque no veía futuro, ningún futuro. Tenía miedo, mucho miedo. También temía vender discos o películas piratas porque era ilegal y eso le podía traer más problemas de los que tenía. Y mucho menos iba a aceptar lo que le pidieron esos dos del bar El Paraíso: le enseñaron fotos de dos nigerianas y una senegalesa que se les habían escapado, y le ofrecieron mucho dinero por encontrarlas. Él sabía dónde se estaba escondiendo la senegalesa, pero dijo que no la conocía. Era para castigarlas a palos. Ni aunque le ofrecieran todo el oro de España. ¿Y si fueran sus hermanas o su novia? No. Por eso se había ido quedando junto al Europa. No conocía la ciudad como para alejarse mucho del parque, y este hostal era la única posibilidad que percibía de conseguir algo que pareciera un trabajo, quizás ahí tuviera "chance". Lo estaba ayudando Jesús, el dominicano. Él lo tenía todo fácil: hablaba el mismo idioma y tenía papeles. A este Jesús le parecía como si lo conociera de siempre. Él le había dicho que hoy viniera antes del amanecer, para ver a don Pedro, que él le había hablado de Assane. Necesitaba el empleo. Tenía que ayudar a su familia allá, que eran más de 50 viviendo en una sola casa en el barrio Hann-Pecheurs de Dakar: los niños dormían en el suelo, dos de sus sobrinos eran poliomielíticos y todos tenían sarna y varios adultos tuberculosis. Ellos lo habían escogido a él y a Moussa para que emigraran, y les ayudaron a pagar el viaje, que costó una fortuna, porque a pesar de sus 30 años era de los más fuertes y, junto a su primo, tenía más posibilidades de llegar, para que les enviaran dinero y poder alimentarse allí en Senegal. Pero Moussa murió y ahora ésa era responsabilidad de Assane. No podía regresar: sería un fracaso y un drama familiar. Si tan sólo este tubab le diera empleo por ahora. Después podría tratar de trabajar en la construcción. Sabía que había muchos accidentes, pero eso era el único oficio que conocía: el de albañil. Ahí se ganaba más y podría traer de Senegal a su novia, que estaba terminando el instituto, y casarse con ella en España. Y si llegaba a ser rico, como su religión le permitía tener hasta cuatro esposas, tendría también alguna española, o hasta tres esposas españolas, pues algunas eran bastante bonitas. Que Alá lo protegiera, y que don Pedro lo llamara, se dijo Assane, y sujetó su gri-gri.

¡Abrió! María Regina agradeció a su orixá porque al fin funcionó la llave maestra que un cliente solidario le dio para que abriera la cerradura. Olga la rusa no había querido huir con ella porque la amenazaron con matar a su niño en Siberia si algún día se escapaba. María Regina cerró la puerta para que hasta el mediodía no supieran que ella se había ido. Con sumo cuidado de no tropezar en la penumbra con una silla o una mesa, comenzó a atravesar el salón del Paraíso. En ese bar había estado trabajando los últimos meses siete días de cada semana, desde las cinco de la tarde hasta las cuatro de la madrugada, llevando para el cuarto unos 20 clientes al día, aunque estuviera con la menstruación o enferma, por lo que a ella y a las otras les daban bebidas o drogas para animarlas y controlarlas. Nadie podía pagar "la deuda": estaban encerradas pero les cobraban la comida y el alojamiento, y las multaban por estar indispuestas o no atender suficientes clientes. Al final de cada día, don Marcial les quitaba todo el dinero, para la deuda, y a la que no ganaba mucho, *el Tarado* le daba una paliza y la amenazaba de muerte: a una chica le rompió dos costillas y le quemó la espalda con ácido. María Regina tuvo que aceptar que la podían comprar, vender y alquilar, que su cuerpo no era de ella sino que le pertenecía a otros, que cualquiera que entrara con un poco de dinero en el bolsillo podía hacer con ella lo que se le antojara, pues era sólo "algo" para limpiar la cochina cosa que llevaban entre las piernas. Le dijeron que era una *dancer* y le cambiaron el nombre, la llamaron Xica. Había sobrevivido, porque estaba agazapada en un rincón de esa cosa a la que le estaban haciendo esas perversiones; pero ella no era eso, no importaba lo que hicieran, no era con ella, ella no estaba ahí. Lupe la ecuatoriana se drogaba para evadirse, y Dania la albanesa quiso tirarse por la ventana. Las vigilaban para que no se suicidaran, pero a la que se ponía muy majadera, la desaparecían, aunque perdieran el dinero invertido y tuvieran que deshacerse del cadáver, como a la ucraniana que estaba histérica y nunca más la vieron. María Regina estaba convencida de que si a ella la hubieran sacado a trabajar a la calle, se habría escapado, aunque no habría denunciado a don Marcial porque se sabía que también había algún policía en el negocio. Pero todo iba a terminar ahora que avanzaba en la oscuridad por El Paraíso hacia la puerta final, definitiva. Sólo que, entonces, tropezó con una botella que había en el suelo, y se heló de sólo pensar que *el Tarado* pudiera haberse despertado con el ruido.

Pedro estaba molesto. Las cosas no andaban bien. Sus padres trabajaban todas las mañanas y las tardes en el hostal y ya no tenían edad para eso. Pero él debía garantizar aunque fuera el mínimo de personal, las 24 horas. Por las noches estaba Jesús en la recepción por si llegaba alguien o algún huésped tenía una emergencia. Pero el ecuatoriano que limpiaba el hostal obtuvo los papeles y se fue con otros dos paisanos a poner un locutorio. Quedaba esa vacante por ocupar: se la podía ofrecer al senegalés "cayuquero", quien tanto le suplicaba para que le diera trabajo. A Jesús lo había empleado hacía meses porque desde que lo vio le infundió confianza, no sabía por qué. Y Jesús le había estado insistiendo: que por favor ayudara al "sin papeles". Sí, él les daba trabajo cuando no tenían papeles, pero cuando se legalizaban se iban para otro sitio donde les pagaran más. Pedro sabía que el senegalés estaba desesperado por trabajar y hasta podría pagarle menos que a Jesús porque ni siquiera sabía español. Pero era negro. Pedro se molestó aún más, pero ahora consigo mismo, por prejuiciado. Sí, Assane, porque él sabía que se llamaba Assane, era negro. Bueno, ¿y qué?, se dijo. Pensó que estaba irritado porque el negocio no iba bien, pero que no debía tomarla con los inmigrantes. Después de todo, la suya era una familia de emigrantes. Su tatarabuelo Manuel Blanco emigró de muy joven a La Española, donde trabajó de mayoral de negros para un zaragozano que hizo allá su fortuna. Pero no tuvo la suerte de otros indianos. No, su tatarabuelo regresó pobre, y manco. Y muchos años después, a finales de los sesenta del siglo pasado, su propio padre, Benigno Blanco, no hallaba trabajo en su aldea, y sin haber salido nunca antes de allí, se fue con una maleta y mucho miedo a una urbe moderna como Lucerna, Suiza, adonde llegó sin siquiera un permiso de trabajo, y después su esposa lo siguió. Y le contaron que sufrieron muchísimo porque no pudieron aprender el idioma ni entender unas costumbres muy diferentes a las suyas, pero lo hicieron para mandarles dinero a los abuelos, así contribuyeron al "milagro español", y para que él, Pedrín, tuviera una vida mejor que la de ellos. Allí nació él, en los años setenta, en Suiza, y fue entonces cuando sus padres decidieron regresar a España para que se criara en "su patria". Y ellos le pagaron los estudios de administración de empresas y por eso llevaba el hostal de la familia. Pero no, el negocio no iba bien, y él no quería venderlo a pesar de que le ofrecían muchísimo dinero, o quizás por eso mismo. Porque la oferta la habían hecho los mafiosos del bar El Paraíso. Don Marcial hasta le había ofrecido ir a la mitad: le propuso abrir una puerta entre los dos edificios para usar para su "negocio" parte de las habitaciones del hostal, y encerrar ahí a esas pobres mujeres. Le llamarían Europa-Paraíso. Pero a Pedro le daba asco la idea: antes prefería clausurarlo que convertir el Europa en un gran burdel dominado por mafias. Sin embargo, las cuentas no daban, y no sólo tenía que posponer el plan de casarse con su novia, quien acababa de graduarse en la universidad y estaba haciendo una maestría en Italia, sino que hasta temía perder el hostal que sus padres habían comprado con el sacrificio de toda una vida. Pedro estaba molesto y asustado. Pero Assane no tenía culpa de nada y él necesitaba a alguien para limpiar el hostal. Y no se explicaba cómo ese senegalés que vivía en un parque podía estar siempre tan aseado. Pedro pensó que él era católico y debía ser compasivo. Después de todo, el mismo Jesucristo había sido un inmigrante en Egipto. Sí, estaba decidido. Entonces, se volvió hacia el senegalés, que lo miraba ansioso, y lo llamó.

Jesús lo vio todo, y sonrió, agradecido. Este Pedro no era mala persona, él lo sentía, lo había sabido desde que entró en el Europa a buscar empleo.

María Regina no sabía por qué había terminado como esclava en España. No tenía que haber ocurrido, porque antes de salir de Brasil se había hecho un trabajo de macumba y mataron un cabrito y el Babalorixá le había dicho que tenía un Petro Velho que siempre estaría ahí para defenderla, y ella supo que era su tatarabuelo, un rey africano que fue llevado de esclavo a Brasil, y allí escapó y se alzó en las montañas. Quizás él la estaba ayudando ahora, porque ya ella se hallaba ante la última puerta de El Paraíso, la grande que daba a la libertad. La abrió y, temblando, se asomó. La calle estaba oscura y desierta. Ahora no podía titubear: tenía que alejarse rápidamente, y perderse quién sabe dónde. Salió, cerró la puerta, y no había dado ni un paso cuando vio los faros de un coche entrando por el extremo de la calle. Alcanzó a reaccionar y esconderse tras unos contenedores de basura. Tenía que huir, ya. Si eran Dragulescu y don Marcial, su vida no valía nada. Vio que salía luz de la puerta del hostal. Pero no sabía si podría llegar allí sin que la vieran los del coche, que continuaba acercándose.

Assane sostenía la cubeta con agua como un inapreciable tesoro, mientras el tubab don Pedro le explicaba, y Jesús lo miraba, complacido. Su gri-gri no le había fallado. Estaba atento y radiante de felicidad, a punto de comenzar su primer día de trabajo en España.

Entonces, entró María Regina. Se veía asustada. La muchacha los miró a los tres, y se dirigió a don Pedro. Le rogó que la escondiera, porque si la descubrían la iban a matar. Y que le permitiera llamar por teléfono a su familia a Brasil, pronto, para que se cuidaran, no fuera que enviaran a alguien para matarlos, porque ella había escapado. Pedro parecía paralizado, sopesando las consecuencias de proteger a la chica o superado por el miedo. Él sabía bien que los chulos no estaban aislados sino que eran miembros de bandas, un eslabón dentro de las mafias. Jesús se acercó a la muchacha. ¿Por qué Pedro no la escondía ya? Assane no entendía qué hablaban, pero había comprendido toda la situación. ¿Por qué el tubab no la ocultaba? Pedro miró a María Regina y se estremeció al pensar que la pobre chica tenía aún menos edad que su novia. Y ese convencimiento fue suficiente. Le dijo ven. Y entonces sintió un ruido en la puerta y vio entrar a Dragulescu, seguido de don Marcial. Dragulescu sonrió y le preguntó a María Regina a dónde pensaba ir, Xica, y la sujetó por un brazo. María Regina gritó. Don Marcial sacó su pistola. Jesús retrocedió. Assane se protegió tras una columna. Pedro se agachó bajo el mostrador de la recepción. Dragulescu comenzó a arrastrar a María Regina, quien se resistía y gritaba. Jesús y Assane se miraron y ambos comprendieron que sabían que los mafiosos iban, al menos, a torturarla. Dragulescu se la llevaba cuando Pedro emergió de detrás del mostrador. Con una pistola en la mano. La sostenía con la pericia adquirida en la mili. Don Marcial lo encañonó pero no se atrevió a disparar, porque Pedro le apuntaba precisamente a él, a los ojos, y no le temblaba el pulso. Dragulescu no soltó a María Regina, sino que extrajo también una pistola. A Jesús, la chica se le parecía muchísimo a su hermana. A Assane, le recordaba a una sobrina que había dejado en Hann-Pecheurs. Dragulescu levantó el arma para golpear a María Regina en pleno rostro, para desfigurarla. Jesús sopesó la posibilidad de lanzarse contra Dragulescu, cuando percibió una sombra: era Assane, quien iba a toda velocidad hacia Dragulescu, desde un ángulo donde éste no podía verlo. Entonces, Jesús se lanzó adelante. Y Pedro supo que era el momento de oprimir el gatillo.

Assane nunca sabrá que a su tatarabuela, la princesa Oxuma, la secuestraron unos negros que la vendieron a negreros en Dakar y fue llevada a América, a La Española, como esclava, y obligada a trabajar en una plantación de caña, donde tuvo un hijo del mayoral, y murió en el parto. Ni que su tatarabuelo, el rey Omgba, salió a buscar a la esposa que no regresaba y también fue capturado y vendido, pero lo embarcaron para Brasil, donde terminó escapando a la selva junto con otra esclava y tuvieron un niño que fue el bisabuelo de María Regina, quien tampoco nunca lo sabrá. Jesús nunca podrá saber que el niño que le nació en La Española a Oxuma era su bisabuelo, Leoncio. Pedro nunca sabrá que el mayoral enamorado de Oxuma era su tatarabuelo, Manuel Blanco, quien, atormentado por la muerte de la esclava a la que amaba, se descuidó en el trapiche del ingenio, que le destrozó un brazo; ni que después de curarse compró con sus ahorros la libertad de una esclava a cambio de que le cuidara a su hijo. Ni tampoco sabrá jamás que Manuel, su tatarabuelo, quien regresó manco y pobre a España, donde se casó más tarde, nunca, hasta el último día de su vida, dejó de enviarle, en secreto, algún dinero al hijo mestizo y bastardo que dejó en La Española: Leoncio, el bisabuelo de Jesús.

Pedro sólo sabrá que cuando disparó, vio un fogonazo en la pistola de don Marcial y sintió un golpe en la pierna derecha y cayó al suelo mientras don Marcial trataba de contener la sangre que le escapaba a borbotones del cuello. Assane sólo supo que los sonidos de dos disparos no lo detuvieron y pudo atropellar con toda su fuerza a Dragulescu, y hubo otro disparo y ambos chocaron de forma brutal contra el mostrador de la recepción y cayeron al suelo mientras María Regina no cesaba de gritar, y el arma también cayó. Y Assane comprendió que no podría llegar antes a la pistola porque ya Dragulescu estaba a punto de recuperarla, y miró a don Pedro, herido en la pierna, que alzaba su arma. Jesús sólo sabrá que al correr hacia Dragulescu logró distraerlo, pues ya Assane estaba a punto de chocar con el hombre cuando éste le disparó a él la bala que lo detuvo en seco.

Y mientras caía de rodillas, Jesús vio cómo Assane atropellaba y desarmaba a Dragulescu. Y a él, el pecho le estallaba y el dolor lo obligaba a abrir los brazos. Y mientras todo desaparecía, pudo escuchar otro disparo. Y se preguntó por qué no se cumplió el oráculo de Ifá, de que en los últimos momentos de su vida estaría rodeado de familiares. Y todo oscureció. María Regina sólo sabrá que cuando Dragulescu la iba a golpear en el rostro con la pistola, algo la apartó bruscamente, y por encima de sus propios gritos escuchó varios disparos y vio a don Marcial y a Dragulescu inmóviles sobre charcos de sangre, y al dominicano tirado sobre el suelo, con los brazos abiertos, y corrió a abrazarlo, a taparle el hueco en el pecho por donde se le iba la vida.

Pedro agarró su escapulario con una mano y con la otra trató de contener la sangre que le brotaba de la pierna. Assane vio que no estaba herido, oprimió su gri-gri, agradecido, y corrió junto a don Pedro, se rasgó su camisa y comenzó a ponerle un torniquete, mientras María Regina, abrazando a Jesús, estremecía con sus gritos el Europa.

Querido
subcomandante Marcos

¿Quen tica? Ne notoca Adelina Paniagua. Le escribo a San Cristóbal de las Casas aunque nocham ompa Huixtán, porque usted hasta escribe español y puede leerle mi carta a mi tlahtli Jenaro Paniagua, quien se unió a usted después que mataron a su zohuatl en el mercado de Ocosingo, para que él le cuente a mi nantli Inés y mi tahtli Prudencio, que sólo hablan mexicano. Para que Nonan sepa lo que pasó y que las cosas no me salieron tan mal, y que estoy aquí, junto a las muchachitas. Yo quiero que Nonan sepa que si me fui de Huixtán con mi novio Ponciano fue por don Wenceslao, porque si yo iba a alimentar a las gallinas o a recoger los huevos en los nidos, allí se aparecía el amo del rancho con sus cosas, y yo a que no y él que sí y yo siempre huía corriendo. Y Nonan y Notatzin no me creían. Lo peor era cuando notatzin Prudencio me mandaba a buscar semillas al cuartito de los granos. Me latía que el tecuhtli me vigilaba, porque no más yo entraba al cuartico, ¡híjole!, entraba él y cerraba la puerta. Me decía: "Ven, palomita, que no va a pasar nada, ven, déjate". Y yo que voy a llamar a Notatzin y él se reía: "Llámalo, a ver, que si no te dejas, los echo a todos del rancho". Y me arrinconaba y me ponía las manos encima, para manosear chichihualli. No le importaba que yo llorara. Decía que yo le gustaba, porque soy pechugona. Por eso siempre me tapé con escotes altos. Y ya me gustó taparme aunque no estuviera el pinche patrón, porque me acostumbré a guardar en el escote el tomin que ganaba honradamente matando yolcame, y también el tlatequini, mi cuchillito, envuelto en papel. Todos en Huixtán me llamaban cuando tenían que matar a un animalito y no querían que sufriera. Yo llegaba al sitio donde tenían al yolcatzintli, y me quedaba contemplándolo, hasta que él me miraba. Y, siempre, algo pasaba entre los dos: la gente, las cosas, y hasta los ruidos, desaparecían, y sólo quedábamos el animalito y yo sobre la tierra. Entonces, sacaba el tlatequini de elplantli, y me movía despacito, y el yolcatzintli se quedaba mirándome mientras que yo me le acercaba. Y cuando estábamos cerca, yo esperaba a que empezáramos a hablarnos con los ojos. El tiempo no importaba. Y en el momento en que yo sabía que él estaba preparado para lo que venía, una fuerza dulce movía mi brazo y le encajaba el tlatequini en el pescuezo al animal, torcía la mano y se desangraba en nada, fuera un cahuayo, axno, pitzotl, cuacue o un ichcatl. Y ni chillaban. Hasta parecía que les gustara. Y la gente creía que no sufrían y que las almas de sus yolcame iban derecho al cielo. Decían que la mano de Dios guiaba mi mano. Y yo también lo creo. Porque algunos yolcame hasta parecía que ponían el pescuezo, que ansiaban sentir el tlatequini para liberarse de lo que sufrían cada día. Y yo sentía que mi mano estaba bendecida, porque no es pecado matar a un animal, si es necesario para que vivan hombres y mujeres. Así ganaba mi tomin, pero no alcanzaba para alimentar a mis 14 hermanos. Cuando yo era niña, notatzin Prudencio nos sacó de la Vera Cruz, porque estábamos pasando mucha hambre, y nos llevó al rancho de don Wenceslao en Chiapas. Por eso Nonan, Notatzin y yo hablamos mexicano entre nosotros, porque los demás en Huixtán hablan tsotsil y algunos español y casi ni nos entendemos. Pero las cosas no mejoraron, porque también en Huixtán, muchos días nos íbamos a dormir con hambre. Sin embargo, no fue por eso que me fui. Yo me habría quedado con mis queridos nonantzin Inés y notatzin Prudencio aunque mis hermanos y yo comiéramos menos. Si me escapé fue por culpa del pinche don Wenceslao. Una tarde que yo estaba en el mismo cuartito de las semillas, el tecuhtli entró y me acorraló, me agarró con fuerza, se volvió como loco, y me eché a llorar. Y el viejo amocualli, sin soltarme, me dijo: "Palomita, te regalo un vestidito si te dejas", y yo seguía llorando, y cuando trató, no sé qué me pasó que le arañé la cara. Se puso furioso y me iba a pegar, pero como seguí llorando, me dijo: "Hoy te lo perdono. Pero la próxima vez, te vas a dejar. Porque, aquí en mis tierras, todo lo que se mueve en dos o en cuatro patas, trabaja para mí, o es para vender o es para que me lo coma. Y si no te dejas, me compro una o dos niñitas en Tapachula y te echo a ti, a tus padres y a tus hermanitos del rancho, y todos se van a morir de hambre". Salí corriendo para el campo, donde mi notatzin Prudencio araba la tierra y, llorando, le conté todo. Y me dio un bofetón que me cortó las lágrimas del susto y me sacó sangre de la boca. Y me dijo: "Nunca más se atreva a hacerle daño al tecuhtli ni a hablarme mal de él. Y déjese de llanto, olvídese de ese Ponciano, piense en su familia y pórtese como una mujer". Me fui llorando a la casa a buscar a mi nonan Inés, y ella tampoco me creyó cuando le conté lo malo que era el viejo Wenceslao. Sólo me abrazó, y me dijo: "El tecuhtli es bueno, mi hija, tienes que comprender que es bueno". Y cuando le pregunté: "Pero, Nonan, ¿por qué no me crees?", ella, llorando conmigo, me acarició el pelo y me dijo: "Porque yo sólo soy una mujer". Y me sentí muy sola, porque ese diablo de Wenceslao era tan malo que tenía engañados a Nonan y Notatzin, y ellos, los pobrecitos, no podían creer lo que yo les contaba. Por eso no les dije que me escapaba con Ponciano, porque a ellos no les gustaba mi novio, no sé por qué. Ponciano era chaparro, y flaco como culebra ocotera, pero valiente, alegre y hasta leía un poco de español, y quería protegerme y cuidarme. Para huir de don Wenceslao, yo convencí a Ponciano de irnos para donde vivía su hermano mayor, Emeterio, el que cruzó para el gabacho y les mandaba tomin, pero eran muchos, no alcanzaba y tenían hambre. Ponciano decía: "Si hubiera chamba aquí... Pero no la tuvieron mis padres ni mis abuelos". Entonces, nos pelamos. Ahora tengo sábanas en vez de sacos sucios, y una cama para mí sola, no como era en casa para seis juntos y algunos hermanos se calentaban de madrugada y se ponían pesados conmigo. Y tengo atl del grifo, fría y caliente, y tlacualli cocinada, y televisión, y las muchachitas me arreglan el pelo y las manos. Pero pasé momentos malos, Marcos, dígaselo a Nonan.

Salimos Ponciano, su xocoyotl Mariíta, su primo Timoteo y yo. La familia de Ponciano vendió una vaca, y unimos ese tomin con el que ahorré mandando animalitos al cielo, y un poco más que Emeterio mandó desde el gabacho, y Ponciano lo juntó en una bolsita que se guardó en los calzones. No lo guardamos en los chones míos o los de Mariíta porque si por el camino nos violaban, nos quitaban el tomin y eso iba a ser un problema. Salimos en camión y nos bajamos en un cruce de ferrocarril y nos escondimos en la selva a esperar la noche. Ponciano nos dijo que cuando La Bestia pasara despacio por la curva teníamos que correr y subirnos. Y me dio pena con Mariíta, menudita, con su cara de niña, y con el primo Timoteo, chiquito, flaco como una lagartija, y siempre asustado. Casi a medianoche, vimos la luz de la locomotora, y comenzamos a oír su ruido, y el corazón empezó a latirme como si fuera el tren, chun chun, chun chun, y se acercaba, y el ruido a crecer, chun chun, chun chun, y Ponciano me agarró un brazo, fuerte, y cuando la luz pasó ante nosotros, Ponciano gritó algo y me jaló y corrimos, y junto a nosotros corrieron muchos que salieron de la selva y vi cuando Timoteo se trepó a La Bestia, y Ponciano me ayudó a subir a mí, que me agarré fuerte de una escalerita, y él alzó a Mariíta por un brazo y la subió al tren, que siguió ya más rápido, chun chun, chun chun, corriendo, y oímos el grito de alguien que no pudo subir y parece que La Bestia le pasó por arriba de las piernas, y sus alaridos se fueron quedando atrás. Entonces Ponciano nos ayudó a trepar al lomo de los carros, y allí casi no había dónde estar: aquello iba lleno de hombres y mujeres, casi todos chavos, como nosotros. A la luz de la luna vi que así era en todos los carros. Ponciano me dijo que éramos 500 o más: íbamos apiñados sobre el espinazo de La Bestia, que seguía con su chun chun, chun chun, atravesando la selva oscura. Nos dijeron que nos agarráramos bien y que habláramos para no dormirnos, que muchos se caían y eran despedazados. Y nos contaron que no eran de México sino "sin papeles" que venían de tierras más pobres, y yo no entendí cómo podía ser eso, y había chapines, catrachos, chochos, ticos y muchos guanacos, y nos hablaban como si fuéramos chingones sólo por ser mexicanos. Ellos también se iban al gabacho, a chambear y ayudar a sus familias. Un matrimonio de guanacos iba con sus tres cocone. Muchos chavos nos contaron que en su viaje la habían pasado muy feo, porque casi desde que pisaron tierra extraña los asaltaron, o los engañaron para quitarles lo que llevaban. Y si no eran las pandillas, eran los policías, y a veces les quitaban hasta la ropa. En algunas iglesias los ayudaron, pero más adelante, otros los volvieron a robar. A los ticos los asaltaron en tierras nicas. Y a los nicas y a los ticos los robaron donde los catrachos o los guanacos. Y a los catrachos, los nicas, los ticos y los guanacos, los atracaron los chapines malos. Y nos contaron que a todos ellos, chapines, guanacos, ticos, nicas y catrachos, cruzando de Guatemala a Chiapas, los asaltaron los de la Mara Salvatrucha. A un grupo los atacaron con machetes y pistolas, y mataron a tiros a un hombre porque no les dio suficiente dinero, y molieron a golpes a otros tres, les robaron casi todo el tomin que llevaban, y todos los mareros violaron a una chapina de 13 años y a una catracha de 12, pero no las mataron sino las golpearon y las dejaron ir, y ellas estaban allí con nosotros sobre La Bestia, y todavía lloraban. Tenían hambre y les dimos un poco de tlacualli que llevábamos y las estábamos consolando cuando allí mismo ante nosotros un catracho que venía con ellas resbaló y se cayó, y oímos sus gritos y supimos que las ruedas lo habían apachurrado, chun chun, chun chun, que por eso a ese tren le dicen La Bestia, porque deja que la gente se suba sobre su lomo mientras se arrastra para luego cada noche comerse brazos y piernas, que por eso también le llaman El Tren de la Muerte. Nos agarramos duro, y rezamos, para llegar pronto. Y un chapín que iba por su segundo intento nos dijo que rezáramos mucho, porque a los Zetas les había dado por secuestrar gente del tren, cuando paraba en Tierra Blanca, en Orizaba o en Lechería. Y al que su familia no pagaba, lo mataban. Por eso nos asustamos tanto cuando, en Tecpatán, el tren empezó a ir más lento, y llegando a la Vera Cruz, más lento, y un chapín nos dijo que las pandillas les pagaban a los maquinistas para que pararan el tren y poder asaltarlo, y La Bestia se detuvo, y me abracé a Ponciano y vimos que abajo aparecieron cuicos de la migra mexicana. ¡Híjole! Con sus pistolas y sus toletes, y dispararon al aire, y empezaron a perseguir a los "sin papeles", a pegarles y a robarles. De todos los carros comenzó a saltar la gente, las mujeres a gritar. Nosotros bajamos e íbamos a correr, pero sonaron más tiros y Ponciano nos abrazó fuerte a mí y a Mariíta, y los policías nos alumbraron con sus linternas y nos insultaron como a los otros y nos iban a pegar con los toletes cuando Ponciano les dijo que nosotros éramos mexicanos de Chiapas y ellos se miraron y uno nos hizo preguntas y después dijo que si seguíamos en ese ferrocarril, "alguien" nos podía hacer daño, y que nos fuéramos, ya. Pero no aparecía Timoteo, y lo buscamos hasta que lo encontramos, tranquilito, junto a los rieles, mirando al cielo oscuro, sin moverse, y le faltaba un pedacito de la cabeza, y Mariíta se puso a gritar y uno de los migras llegó. "¿Por qué chilla esta vieja?", preguntó y entonces vio al pobre Timoteo, y puso su mano en el revólver y le dijo a Ponciano que nos fuéramos ya, que ellos se ocupaban. Y Ponciano abrazó a Mariíta para que se calmara y cuando nos alejábamos caminando, vimos que los policías se llevaban para unos matorrales a unas chavas, entre ellas a la chapina y a la catracha que los pandilleros habían violado. Y no las vimos más. Caminamos hasta Tecpatán, y en la estación de los camiones también había algunos que parecían "sin papeles", y llegaron los migras y se los llevaron. Al rato vimos regresar a algunos de los hombres, pero a ninguna de las chavas. Ponciano pagó un camión y dejamos la Vera Cruz y atravesamos Tamaulipas junto a otros mexicanos que nos dijeron que iban a buscar empleo en las maquiladoras.

Y llegamos a Reynosa. Fuimos a un hotel que nos habían dicho y preguntamos por el coyotl, *el Charro,* y apareció un hombre con muchas cicatrices en los brazos y manchas en la cara, que parecía drogado, y nos llevó a un cuarto donde había como 50 tlacatl. Allí me amigué con una ilamatl de Oaxaca que vendió su casa y sus animalitos para cruzar porque su único hijo estaba en el norte y le había dado un nieto. La ilamatl me miraba con cariño y me recordó a mi cihtli. Conocí a una niña de Campeche que viajaba con su tahtli, y a una chapina preñada que iba tras su namictli que hacía cuatro meses cruzó al norte. También había un niñito chetumaleño que iba solo, pues sus padres ya estaban en el norte y le habían pagado al coyotl para que lo pasara. Dos días estuvimos allí, y los mismos migras llevaban gente, a veces mujeres tristes y con la ropa media abierta, como aquella catracha llorosa, o como la guanaca linda que me contó que sus padres eran tan pobres que ella y sus 10 hermanos habían nacido en el cementerio de Antiguo Custatlán, donde vivían entre los muertos, y allí crecieron, jugando sobre las tumbas, y que había llegado a Reynosa con lo que ganó chambeando en burdeles y quería cruzar porque en el norte se ganaba mucho y me confesó que su mayor ilusión era ser puta, pero del otro lado. Y nos dijeron que la mera verdad era que las habían violado en cada país que pasaron desde que salieron de sus tierras; que las agarró un grupo de tatuados de la Mara, pero que también las violaron taxistas, camioneros y hasta guardias del ferrocarril, y que como eran "sin papeles" no podían denunciarlos a la policía, y que además en Guatemala fueron los mismos policías quienes abusaron de ellas, y que al entrar a México las violaron los mismos migras. La catracha lo contó llorando, y dijo que tenía que seguir para mandarle tomin a su madre, que le cuidaba a su hijita. Pero la guanaca sólo estaba molesta porque los que la violaron no le pagaron, y porque, cuando la iban a violar, ella les daba condones pero ellos se reían y no se los ponían. Decía que a veces extrañaba el cementerio, y le pusimos *La Muerta Bonita*.

Y esa noche aparecieron otros dos coyotl y dividieron el grupo en tres: *La Muerta Bonita* y unos 20 más se fueron con un pollero al que le decían *el Negro,* que tenía la piel muy quemada por el sol y una mirada que daba miedo; y la catracha llorosa y la ilamatl de Oaxaca se fueron en un grupo con un cojo llamado Treviño, que se reía como loco y le faltaban todos los dientes. Con *el Charro* íbamos Ponciano, Mariíta y yo, la chapina preñada, el niñito chetumaleño que se amigó con una niñita chocha tan chiquita como Mariíta, que igual iba solita a buscar a su hermana, y también una muchacha yucateca, un tabasqueño y su jefe, y un montón más de "sin papeles", que casi no cabíamos en la *van* donde nos metieron. Yo iba sentada al lado del *Charro,* que conducía, y vi que cargaba revólver bajo la camisa y me asusté cuando nos pararon unos policías, pero *el Charro* les habló, les dio algo, se rieron y seguimos. Y salimos de Reynosa y al rato de carretera y caminos de tierra llegamos a un rancho, y *el Charro* habló con el hombre de la casa y dejamos la *van* y caminamos por la yerba, todo oscuro, sólo la luz de metztli, y empezamos a escuchar el ruido grande que hacía el río Bravo, hasta que llegamos en medio de unos matorrales y nos escondimos. Allí, *el Charro* discutió con mi Ponciano, porque casi no teníamos tomin y no quería pasarnos; pero, gracias a la Virgen, el coyotl dijo que nos cruzaba si cargábamos una mochila, que Ponciano me dijo bajito que eran drogas. *El Charro* también peleó con otros y terminó dándoles una mochila a un guanaco de Chalatenango y su novia, otra a tres catrachos de Lempira, y una más a otros cuatro hombres que no hablaban ni mexicano, ni tsotsil, ni castellano y sólo se entendían entre ellos. Entonces *el Charro* nos ordenó que nos quedáramos en chones y sostén y nos entregó unas bolsas negras para meter la ropa. Yo no quería, me daba pena, pero ni modo: tuve que hacerlo, virgencita, me quité la ropa tras un matorral, pero tuve que salir, muerta de vergüenza. Estábamos casi desnudas Maríita y yo, y la niña chocha, la yucateca, la preñada, una muchacha de Campeche que iba con su novio, y la novia del guanaco. Y los hombres en calzones, también apenados, algunos. *El Charro* dijo que era hora y sacó de unos matorrales dos llantas de tráiler, grandísimas, y las llevamos hasta la orilla, y él jaló una soga que atravesaba el río, crecido que daba horror, pero nos empujó. No me gustó que me tocara, casi desnuda, pero dijo que había que aprovechar que los de la migra no estaban por ahí, vigilando en las lanchas. Y nos metimos al agua, negra y fría, qué miedo, pero había que seguir, no pensar. Primero iba *el Charro,* luego Ponciano con su mochila, y tras él, Maríita y yo y las otras chavas, agarrándonos bien de las llantas para no hundirnos y que nos arrastrara la corriente o nos llevara las bolsas con quemitl. Justo tras nosotras venían el guanaco, el catracho y el otro hombre, cada uno cargando una mochila, y tras ellos los otros hombres. El agua se quería llevar las llantas y nosotras gritando y a agarrarnos de la soga. Y estábamos en lo fuerte de la corriente cuando pasaron unos bultos río abajo y dos chocaron conmigo y eran la catracha llorosa, pero iba tiesa y con los ojos bien abiertos, y la ilamatl de Oaxaca flotando bocabajo, desnudas las dos, que habían ido con el cojo Treviño. Ponciano llegó al otro lado y *el Charro* le quitó la mochila y mi novio volvió a buscarnos y nos ayudó a llegar, y nos estaba ayudando a subir a la orilla cuando resbaló, y se agarró de la soga con una mano. La corriente era muy fuerte y Ponciano estaba muy cansado. Mariíta y yo gritamos: "Agárrate duro, no te sueltes", pero *el Charro* nos mandó a callar, y Ponciano nos miró, asustado y triste: no podía más. Le susurré: "No me dejes, Ponciano, no me dejes". Él me quiso decir algo, y no pudo, y se soltó y se lo llevó la corriente. Y grité y Ponciano desapareció bajo las aguas. Marita se desmayó, y yo seguía gritando y *el Charro* me dio dos bofetadas, me tumbó al suelo y me callé, sollozando. Todas las chavas llegaron y tras ellas los hombres que faltaban, menos el tabasqueño y su padre: estaban en medio del río y el viejo ya no podía más. El hombre gritaba: "Auxilio, se ahoga mi jefe". Y *el Charro* que se callaran, que los iban a descubrir, y los tabasqueños seguían gritando, y *el Charro* cortó la soga y el hombre y su padre se fueron gritando río abajo hasta que dejaron de oírse y *el Charro* dijo: "Total, ya habían pagado". Y nos ordenó: "A vestirse rápido, que tenemos que irnos antes de que aparezca la migra". Y nos miró a Mariíta y a mí, casi desnudas, pero a las que más miró fueron a la niña chocha y a la yucateca. Y Mariíta temblaba, de frío o de miedo, y me preguntó qué íbamos a hacer sin Ponciano, y que quería volver a casa. Pero *el Charro* la oyó y nos dijo: "Ustedes tienen que pagarme trayendo el petate", y nos dio la mochila que había cargado Ponciano, y nos obligó a seguir. Le dije a Mariíta que cuando nos encontráramos con Emeterio, íbamos a trabajar para ayudar a las familias, hasta que pudiéramos regresar; pero yo estaba muerta de miedo y de tristeza, por haber perdido a mi Ponciano.

El Charro nos dijo que la migra gringa vigilaba Macalen y todos los pueblos y teníamos que caminar por el campo, que de noche bien pero cuando salió tonatiuh, todo era calor y tierra seca sin árboles, y la piel comenzó a ardernos. Nos escondíamos de la migra y los minonmen en cualquier arbusto, pero teníamos que cuidarnos de los tecuanis: escorpiones, tarántulas, alacranes y serpientes de cascabel, que si te muerden, te mueres.

La primera noche, *el Charro* se llevó a la fuerza para unos huixachi a la niñita chocha y ella regresó diciendo que sabía que iba a pasar porque así le hicieron a su hermana que ya estaba en el norte.

Y al otro día, se fue acabando tlacualli y atl, y vino la sed, el hambre y tonatiuh allá arriba, quemando, y las piedras parecían sartenes donde podía freírse un huevo. Nos encontramos botellas de agua vacías. Comenzamos a comer nopales crudos y a tomar agua de los estanques de las vacas, que tenían gusarapos. Paramos para descansar y cuando nos íbamos, algunos estaban tan débiles que no podían levantarse. Yo ayudé a Mariíta. Pero la chapina con panza de siete meses no pudo, y lloró porque no podía caminar más, y *el Charro* dijo que ahí se quedaba, junto a nopali. Y la mujer suplicó, que si la dejaban se iba a morir y su namictli, que había pagado para que la cruzaran, ni siquiera iba a saber qué había sido de ella, que él la esperaba para casarse. Pero *el Charro* asomó el revólver bajo la camisa y nos miró y nadie dijo nada, y entonces la mujer me pidió que llamara a su namictli y le contara lo que ocurrió, pero que no le dijera que a ella se la iban a comer los animales, con su hijito en la barriga. Y la dejamos llorando.

Esa noche, *el Charro* se llevó a la yucateca, que se le resistió porque era ichpochtli, pero él le pegó con la manaza en plena cara y le sacó sangre de la boca y ella no chilló más y se la llevó y la oíamos a él con sus cosas y a ella llorando. Y también escuchábamos gritos de gente pidiendo auxilio lejos en la oscuridad, pero si íbamos a ayudar, *el Charro* nos abandonaba.

Al tercer día, seguimos caminando bajo tonatiuh, con cuidado por las piedras, las espinas y los bichos peligrosos. El calor nos estaba matando, y la sed y el hambre, y las ampollas de los pies y las espinas de los cactus en las piernas comenzaron a sangrarnos. Íbamos encontrando ropa de niños y de adultos, y vimos hasta restos de una persona. A algunos de nuestro grupo la piel comenzó a caérseles a pedazos. Uno de los catrachos de Lempira se desplomó ante mí, pero sus amigos lo sostuvieron para que caminara. Mariíta estaba cansada y la ayudé, para que no la dejaran.

Al guanaco de Chalatenango se le puso el pie así porque un escorpión le clavó su aguja, y hasta ahí llegó. Y su novia decidió quedarse con él. Seguro que murieron los dos de sed. La mochila que llevaban, *el Charro* se la dio a la pareja de novios de Campeche.

Y más adelante, el niño chetumaleño se torció icxitl y no podía caminar ni con ayuda, y *el Charro* dijo que ahí se quedaba, y el chavito estaba muy asustado y protestó porque sus padres habían pagado para que lo pasaran, pero *el Charro* dijo que más ganaba con las mochilas y eso no podía demorarse y sacó pistola y tuvimos que dejar al niñito, que gritaba y me hizo llorar, porque llamaba a su mamá que se iba a quedar esperándolo siempre, porque él se iba a morir. Porque *el Charro* los abandonaba sin atl, porque no alcanzaba. Y tzopilotl volando. Vimos cruces blancas, de los que se murieron y nadie sabe quiénes son y tienen escrito "No olvidado".

La tercera noche, *el Charro* se acercó a Mariíta y yo la abracé para que no se la llevara, tan flaquita, tan inocente ella. Y él me tiró al suelo y cuando ya se llevaba a Mariíta, sonaron unos tiros y él la soltó y huyó, y los tiros pegando donde quiera. A mi lado mataron a la yucateca y al catracho grande que llevaba una mochila y solté la mía.

Y llegaron tres tipos con pistolas, cogieron las mochilas y ya se iban pero nos miraron a nosotras y dejaron las mochilas y uno se encaramó sobre Mariíta, que chillaba la pobrecita, el otro se montó a la niñita chocha y uno apestoso se me subió arriba y yo lo arañé y me atontó de un puñetazo. Y Mariíta gritaba mientras el hombre le rompía la ropa y la niña chocha se dejaba hacer, como si no pasara nada: el tipo brincando arriba de ella y ella llorando sin quejarse. Y yo defendiéndome pero el hombre me volvió a pegar y viró cuitlapantli, y me pegó otra vez y me bajó el pantalón, sacó tepolli, me puso la cara contra la tierra, que me ahogaba, me rompió los chones, y yo casi me moría con tierra en la boca y el hombre cayó sobre mí echando sangre por un hueco en la cabeza que le abrió *el Charro* de un disparo. Y *el Negro* le metió un tiro en una pierna al que estaba a punto de violar a Mariíta, y el que se echaba a la niña chocha salió corriendo y el loco Treviño le metió un tiro en la espalda, y el hombre se arrastraba y Treviño lo remató. Y el otro, todavía encima de Mariíta, rogaba que no lo mataran, y *el Negro* se le acercó y le puso la pistola en la oreja y el muerto cayó sobre Mariíta, que gritó como loca con la sangre, y corrí a quitárselo de arriba y abrazarla, y a callarla, porque *el Charro* dijo que si seguíamos gritando nos iban a freír a nosotras también, y que teníamos que irnos antes de que llegara la migra. Y así con las ropas rotas y las sangres de esos hombres arriba, salimos caminando, esta vez los tres grupitos del *Charro, el Negro* y Treviño juntos.

Hasta que antes del amanecer llegamos a un rancho, donde había muchos, escondidos en un establo, junto a caballos. Allí supe que la niña de Campeche y su tahtli que conocí en Reynosa se escondieron de los guardias gabachos tras huixachi y los atropelló una camioneta de la migra y la mató. En el rancho, *el Charro* dijo que él mismo mataba al que intentara escapar de allí. Sin embargo, esa madrugada algunos huyeron para no tener que pagar a los coyotes el resto del dinero, pero al rato escuchamos disparos y ya nunca los vimos.

De ahí nos fueron sacando por grupos. A unos se los llevaron para encerrarlos en un tren de carga. Conocí a un chapín llamado Gonzalo, y a su esposa y su hijita de tres años, que los metieron junto a 90 más, hombres, mujeres y niños en un tráiler cerrado.

Y *el Charro* nos sacó a Mariíta y a mí en una *van* donde sólo iban muchachas jovencitas, unas 10, entre ellas la niña chocha. También iban Amelia y Pilar, dos catrachitas huidas de Ciudad Hidalgo, donde dos comandantes de la migra mexicana las tenían de cihuahuiani y ellos cobraban, y nos dijeron que allí quedaron de tlacotli muchas catrachitas como ellas, que a golpes las obligaban a hacer eso. Yo iba muerta de miedo porque avanzábamos por caminos raros para evitar a los "bajadores", que matan a polleros para robarles las personas y cobrar por ellas, y a veces en los tiroteos mueren también los "sin papeles".

El Charro nos llevó a un almacén en Kinvil donde había otras mujeres jovencitas. Pensé que de ahí nos iría sacando para dejarnos en lugares donde estuviéramos a salvo de los minonmen y la migra. Pero al rato llegaron unos hombres bien chingones. Y nos pusieron en fila y nos fueron contemplando a todas y nos revisaban los tlantli y las nazatin como si fuéramos vacas y algunos nos tocaban el cuerpo para ver si teníamos las carnes duras, y uno quiso tocarme los chichiualli y lo empujé, y *el Charro* se quitó el cinturón y me amenazó con pegarme con la hebilla, y bajé la mirada, y pos ni modo, me dejé tocar, y también las otras. Y uno de ellos, un tipo al que le decían *el Zopilote,* nos revisó a Mariíta a mí y nos separó a un lado y discutió de dinero con *el Charro* y yo empecé a rezar, y mientras menos edad, más valíamos, y luego luego que se pusieron de acuerdo en nuestros precios, también separó a las dos catrachitas y a la niña chocha y le pagó al *Charro* por las cinco y así nos compró. Y yo le di gracias a la Virgen, por ser tan buena con nosotras que cumplió mis ruegos de que alguien nos comprara juntas a Mariíta y a mí.

El Zopilote nos llevó para una casona en Juston y nos dijo que todo hasta ahí le había costado miles de dólares, y que buscarían a Emeterio para que pagara por su hermana Mariíta, pero que la niña chocha, las catrachitas Amelia y Pilar y yo íbamos a empezar a pagar ahorita mismo. Pensé que nos iba a poner a trabajar, a limpiar pisos y baños o a recoger cosechas en el campo. Pero no, pues *el Zopilote* y otro que estaba lleno de tatuajes y un tercero, pelirrojo, que le llamaban *el Gringo Colorado,* nos llevaron a las cuatro para una recámara donde había una cama grande. Y *el Zopilote* dijo que nos desnudáramos y fuéramos a la cama y comprendí lo que iban a hacer y me horroricé. La niña chocha parecía resignada y se quitó todita su ropa y se acostó, pálida. Pero las catrachitas no se movieron, sólo lloraban, y *el Gringo Colorado* de un manotazo tumbó a Amelia sobre la cama, y *el Tatuado* le lanzó una patada al estómago de Pilar, que, pobrecita, cayó doblada al suelo y ahí mismo vomitó, y *el Zopilote* vino a quitarme el vestido pero me resistí. Entonces *el Gringo Colorado* se fue a la cama, arriba de Amelia que lloraba, y también comenzó a manosear a la niña chocha, que estaba como si nada importara nada. Y *el Tatuado* se sentó en una silla, a mirar, y a apagar su cigarro en la espalda de Pilar, que ni se movió, como si estuviera más muerta que viva. Y *el Zopilote* se cansó de que yo no, y me rompió el vestido y le arañé un brazo, y sin decir una palabra me dio un puñetazo en el totlacuayan y luego otro en la cara y todo se me puso borroso pero supe que me daba patadas hasta que me desmayé. Y cuando desperté al otro día, estaba desnuda sobre la cama, junto a la niña chocha que miraba al techo y a Amelia, que lloraba, y los hombres se habían ido y Pilar seguía en el piso junto al vómito y a mí me dolía todo y tenía sangre dondequiera.

Esa misma noche, volvieron los tres a lo mismo, y casi no nos resistimos, para que no nos pegaran, pero *el Zopilote* y *el Tatuado* nos golpearon igual, que parece que les gustaba. Cuando se fueron los hombres, Amelia y Pilar contaron que ellas eran de Santa Rosa de Aguán y que un enganchador les ofreció trabajo en Estados Unidos para que pudieran ayudar a sus familias pero que en cuanto cruzaron a Chiapas, las vendió en Tapachula a un Zeta que después las revendió a dos comandantes de la migra mexicana que tenían un club en Reynosa, y un cliente se enamoró de Amelia y pagó para pasar la noche con las dos pero en verdad las ayudó a escapar y cruzar al norte, y cuando creían que la pesadilla había terminado, allí estaban. La tercera noche, cuando vinieron los tres hombres ya nos dejamos hacer sin protestar, porque si chillábamos nos lastimaban. El pelirrojo se entretuvo violando a Amelia y a la niña chocha. Pero *el Zopilote* vino conmigo, y aunque yo estaba acostada y sin ropa y callada, golpes van y golpes vienen, y menos mal que cuando me sacó sangre de la nariz y la boca al fin se tranquilizó y me violó, y ya. Mientras, *el Tatuado* se divertía con Pilar, pero no normal como los otros dos, sino raro, porque la miraba desnuda pero no le hacía nada, sólo fumaba su cigarro, y así bien encendido se lo pegaba a ella en la piel, pero sólo en partes donde después no se notara mucho, que son donde más duele. Pilar apretaba los dientes para no chillar y que *el Tatuado* se aburriera, porque el hombre parecía tlahueliloc, y cuando ella gritaba, al él le gustaba más. Esa noche, mientras *el Gringo Colorado* violaba a la niña chocha, *el Zopilote* llamó por teléfono a la hermana, le dijo lo que estaban haciendo y que mientras no pagara lo que ellos querían, seguirían abusando de la niña chocha, los tres, varias veces al día, y las pusieron a hablar a las dos, y la niña chocha le contó a la hermana que en ese momento el pelirrojo había terminado con ella y que *el Zopilote* la estaba violando mientras *el Tatuado* la quemaba con el cigarro.

Dos días después, los chulos nos dieron unos vestidos con brillo y unos zapatos que ni podía caminar con ellos, me enseñaron a pintarme los labios de rojo, y nos sacaron del cuarto, y vimos que en otros cuartos había más mujeres y hasta niños, y nos bajaron a una sala con un pequeño bar, y había otras chavas "sin papeles" y dos blancas como huilotl que hablaban un gabacho tan raro que nadie sabía ni qué decían. Y *el Tatuado* se abrió la camisa y nos enseñó una pistola y nos dijo que a la que se escapara, él mismo iba a su pueblo y mataba a toda su familia. Y empezaron a llegar clientes y a beber, y yo quería esconderme, pero *el Tatuado* me enseñó su pistola, y un cliente borracho me eligió a mí y le pagó al *Gringo Colorado,* y tuve que subir con el borracho a uno de los cuartos, y así fue que empecé a trabajar de cihuahuiani. Cuando terminé de "atenderlo", me lavé, me pinté de nuevo y volví al bar como me ordenó *el Zopilote,* a sonreírles a todos y a buscar a otro cliente, y a subirlo al cuarto. Y así fue toda la noche, y al otro día, y supe que era así cada día de la semana, desde las tres de la tarde a las cinco de la mañana, o más tarde, si quedaban clientes. El tomin que ganábamos no lo veíamos, porque *el Zopilote* lo tomaba y decía que era para pagar "la deuda" del viaje, que no bajaba sino crecía, porque también nos cobraba el techo, la comida, la ropa y hasta las gomas que teníamos que ponerles a los clientes. Nos levantábamos al mediodía, comíamos y bajábamos al bar, y comenzábamos a subir clientes, uno, y otro, y otro, y ya no comíamos más en el resto del día para poder hacer más "pases" y ver si así pagábamos la deuda. Yo tenía que "atender" a más de 30 hombres en 15 horas de chamba cada día.

A la semana, llegó allí un tipo chingón a quien le decían *el Mero Rey,* que parecía tlahtoani, con cadenas de oro, hablaba hasta por cuatro teléfonos, y resultó ser el jefe del *Zopilote* y los otros. Con el tiempo, me enteré de que era gente de mucho respeto, que había sido el comandante del *Zopilote* en la policía judicial, y que el gringo pelirrojo había estado en la Guardia Fronteriza gabacha hasta que lo botaron por abusar de mujeres "sin papeles" detenidas. *El Tatuado* nunca usó uniforme: había sido de la Mara Salvatrucha, pero no de abajo, no, sino jefe de una pandilla, y lo buscaban por matar a cinco, que tenía las cinco lágrimas tatuadas junto al ojo. También supe que tenían otros negocios, pues también vendían drogas y traficaban con armas.

Una tarde, *el Zopilote* nos dijo que nos pusiéramos bonitas y cuando bajamos a la sala allí estaba *el Mero Rey* con un viejo de traje, muy chingón, bebiendo los dos, y *el Mero Rey* dijo: "Le quiero hacer un regalo al señor juez", y nos pusieron en fila, pero el viejo nos miró y siguió bebiendo, sin acabar de decidirse, y *el Mero Rey* dijo: "Busquen a la niña, que ese bocadillo sí le va a gustar al licenciado", y trajeron a Mariíta y *el Mero Rey* le dijo algo al viejo al oído y el señor se entusiasmó y la estuvo manoseando y sonrió, y ahí supe que *el Mero Rey* le estaba regalando al juez la virginidad de Mariíta, y para evitarlo me le acerqué al viejo y le dije: "Papacito lindo, sube conmigo", y el viejo ni me miró y *el Zopilote* me jaló de los pelos y me quitó de en medio y Mariíta comprendió lo que iba a pasarle y comenzó a suplicar y dijo que su hermano Emeterio iba a pagar por ella. Pero el viejo subió la escalera y *el Mero Rey* hizo una seña, y *el Zopilote* y *el Tatuado* agarraron a Mariíta y se la llevaron asustada, temblando como ardilla enjaulada, escaleras arriba. La volvimos a ver dos días después, calladita y triste, y desde ese momento la pusieron a trabajar con nosotras.

Pero no todo fue malo. También viajamos. A cada rato se aparecía *el Mero Rey* con otros dueños de casas de cihuahuiani, y nos ponía en fila para que nos miraran y tocaran, y a las más bonitas nos alquilaban por semanas o meses. Por Mariíta pagaban más, pues era dos o tres años menor que nosotras. Así viajé, y trabajé en casas en otros sitios de Texas, como Ostin, y también en Oklajoma y hasta Nueva Yor, Las Vegas y Atlanta, ciudades muy grandes y bonitas, aunque no las pudimos ni ver porque nos encerraban a trabajar. Bueno, algunos lugares lindos sí vi, porque a veces nos llevaban a hoteles donde conocíamos hasta doctores y licenciados, de algún congreso o alguna reunión de una empresa, que como premio por un buen trabajo les regalaban por una noche a una de nosotras, o hasta a dos, para que hiciéramos lo que ellos quisieran; sí, sí, gente importante. Y aprendí un poco de español y hasta palabras en gabacho. Cuando se cumplía el tiempo por el que me alquilaban, siempre me devolvían a la casa de Juston. También traían a otras mujeres y ellas nos contaban dónde *el Mero Rey* y sus amigos tenían otras muchas casas que yo ni sabía. Así volví a ver a *la Muerta Bonita,* la que nació en un cementerio, y también conocí a otra guanaca que había perdido a sus padres y sus siete hermanos durante un huracán, y le pusimos *la Ciclonera,* y a una chapina que en su pueblo vivía en un basurero. Ella nos contó que desde muy niña trabajaba por casi nada junto a otros chavitos en el basurero y, como pasaban hambre, para ganar unos pesos más ella y los otros chavitos tenían un segundo oficio, pues todos se prostituían en las noches. *La Basurera* nos dijo que *el Zopilote* la trataba mejor que su propio padre, quien la violaba a cada rato, la vendía a otros hombres y después no le daba ni un peso, mientras que su madre no la defendía. Aquí al menos ganaba más en su profesión.

A ellas tres les parecía bien la vida que llevábamos. Bueno, sí, teníamos ventajas: nos arreglábamos el pelo, nos pintábamos las uñas, nos vestíamos bonito, nos perfumábamos; y cada madrugada, cuando se acababa la chamba y quedábamos muertas de cansancio, si habíamos ganado bastante nos permitían dormir en los mismos cuartos con aire acondicionado y las mismas camas con colchones buenos donde habíamos trabajado a los clientes. Y es verdad que algunos hombres no tenían mal aliento, ni eran ancianos, ni estaban borrachos, ni apestaban ni nos pegaban; pero eran los menos. Parece un trabajo fácil, pero es de los oficios más malos que hay. Porque tienes que trabajar todos los días aunque estés mala, o enferma. Una tarde yo tenía gripa y vino ese señor gabacho muy elegante y educado, que me amarraba y me hacía cosas con un látigo, que para eso le pagaba más al *Zopilote,* y yo dije lo de la gripa, pero *el Zopilote* me obligó a ir con el gringo porque teníamos que chambear aunque estuviéramos moquillentas, sobre todo si era de los que pagaban más para golpearme o hacerme cosas raras. Cuando era algo que me daba asco o me dolía, yo cerraba los ojos, así, y mientras ellos le hacían todas esas cosas feas a mi cuerpo, me ponía a pensar que estaba muy lejos, en el rancho, y mi Nonan me acariciaba el pelo y me protegía. Y era más fácil creer que se lo hacían al cuerpo y no a mí cuando eran clientes decentes que les apenaba lo que me iban a hacer y entonces se drogaban conmigo antes para no tener remordimientos. Las cochipatli las vendía el mismo *Zopilote,* que no dejaba que los clientes llevaran las suyas. A veces, los mismos chulos nos daban un poquito de droga para que no pensáramos y trabajáramos más, pero nos la cobraban, y la deuda crecía. Yo misma le pedía cochipatli al *Zopilote,* igual que las otras muchachitas, porque estando drogada era menos malo. Sin cochipatli, te ponías muy triste y te cansabas enseguida.

Como aquel día de Navidad, que había muchos clientes porque habían cobrado bonos y aguinaldos, y ya yo había atendido a casi 40 y no podía más, y no quise ir con uno que le gustaba golpearme con su cinturón, y entonces *el Zopilote* dio órdenes y en medio de la sala *el Tatuado* me agarró de un brazo y *el Gringo Colorado* del otro y, mientras los borrachos reían y aplaudían, *el Zopilote* empezó a escribir con un chuchillo en mi espalda y grité: "No", y siguió escribiendo y grité: "Sí, sí, sí", que sí iba con el hombre, y tuve que subir y en el cuarto el tipo me golpeó con el cinturón, y para siempre quedaron las cicatrices del cuchillo en mi espalda, junto a otras marcas de golpes y quemaduras de cigarros que algunos clientes y los chulos apagaban en mi piel. Porque teníamos que obedecerlos o nos castigaban, por cualquier cosa. Sobre todo *el Tatuado,* que sólo gozaba pegándonos, y parece que se enamoró de Pilar, la catrachita, y se daba gusto golpeándola, y la acusaba de que no hacía bastante dinero y ella le suplicaba y le prometía, pero aunque había días que ella trabajaba a 40 hombres, el pinche *Tatuado* seguía pegándole y haciéndole marcas.

Eso nos daba terror, pero no podíamos irnos. La única que salió de allí fue la niña chocha, que la hermana pagó su deuda, pero se fue sin alegría, como si no tuviera vida. Y Pilar, que también se libró de todo. Una madrugada se tiró de la ventana de su cuarto para huir pero se lastimó un pie y chilló y *el Gringo* se despertó y se formó un griterío, ¿qué pasa?, y salimos corriendo de los cuartos, ¿qué pasó?, y los chulos fueron y la encontraron enseguida porque no podía caminar y la trajeron, y nos reunieron en la sala y allí estaba Pilar en el suelo, con el pie herido y llorando, pero no se oía porque le habían metido un trapo en la boca. Y *el Zopilote* dijo: "Esto es lo que les pasa a las que se quieren ir". Y la levantó por un brazo y *el Gringo Colorado* por el otro, y *el Tatuado* la empezó a golpear, pero sin importarle por dónde, por el totlacuayan, y Pilar se quedó sin aire y se le abrieron los ojos, y en el pecho, y sonó un ruido raro, y en la cara, y Pilar se desmayó y *el Tatuado* paró, porque él mismo se había roto un dedo al golpearla. Nosotras tuvimos que subirla a su cuarto y curarla. Y a la semana todavía no caminaba bien, y el pecho le dolía, pero la obligaron a trabajar, toda maquillada para que no se le vieran los golpes, y después le encerraron en un cuarto con reja en la ventana, y esa misma noche se libró de todo porque se colgó de la misma reja. Lo de Amelia fue distinto, porque se enfermó, parece que de algo malo que le pegó un jornalero, y *el Zopilote* se la llevó una noche, y más nunca.

Yo vivía con miedo a todo: a los clientes, porque después que pagaban podían hacernos lo que quisieran; a enfermarme por algo que me "pasara" un hombre; a que los chulos me pegaran demasiado duro; miedo hasta de dormir: dejaba la luz encendida y luchaba para que no se me cerraran los ojos, porque cada noche cuando me rendía, me daban pesadillas donde me pasaban cosas muy feas. Y amanecía muy cansada, y tenía que comprarle drogas al *Zopilote* para animarme a trabajar.

Tenía mucho coraje con Ponciano, porque se murió y no pudo defenderme ni tampoco a la pobre Mariíta, ni me habló de que esto podía pasarme. Tenía coraje conmigo misma, porque, sí, hui de don Wenceslao, pero fui tonta y terminé teniendo que acostarme cada día con muchos borrachos sin dientes, apestosos y algunos más viejos que el tecuhtli del rancho; coraje porque no había podido mandarle dinero a Nonan, que ni siquiera sabía si yo estaba viva; coraje porque al ser cihuahuiani ofendí a la virgencita. Tenía coraje, y me tenía miedo porque yo misma me estaba arañando, pinchando y quemando con cigarros encendidos, no sé por qué, y cuando los chulos me veían las marcas, me golpeaban, me encerraban y no me daban comida. Vivía aterrorizada, pero más terror tenía a escapar y que los chulos me descubrieran y *el Tatuado* me moliera a golpes. Había pensado en colgarme, pero si lo hacía, *el Zopilote* iría a Chiapas y mataría a toda mi familia.

Mariíta y yo nos dábamos ánimo y llorábamos juntas, hasta que apareció un gringo viejo que la alquiló por unos días, no sé si era también dueño de casas de cihuahuianis o la quería para sus cosas, pero le gustó y quiso comprarla y le dijo al *Zopilote*: "te doy tanto por la niña", y el chulo le dijo: "no, por ese dinero puedes comprar a otra vieja, pero a ésta no la vendo por menos de tanto", y dólares más o dólares menos terminaron poniéndose de acuerdo en el precio de Mariíta, y ella lloró y gritó: "por favor, no", que no la separaran de mí y nos abrazamos, y *el Tatuado* me tumbó al piso de un puñetazo y el gringo se llevó a Mariíta a la fuerza, que todavía me acuerdo de sus gritos, y nunca más la volví a ver.

A mí también me quisieron comprar, varias veces. Hasta un viejo chingón que tenía casas en Montana ofreció por mí un auto de uso, que se veía nuevecito, y como *el Zopilote* no aceptó, el hombre le ofreció además una perra de raza, carísima, con el pelo brilloso, más bonito que el mío, pero *el Zopilote* no me vendió porque yo le daba mucha ganancia.

Sobre todo después de que pasó lo que pasó. Es que un cliente supo, en el cuarto, que yo era de Huixtán, y como él era de

Tenejapa, hablamos de Chiapas mientras lo estaba trabajando y comenzó a llorar. Y me mandó a otro que era de Chanal y ése también, en medio de eso, se echó a llorar. Y todos los de Chiapas, conejos, turulos, culopintos, coletos y hasta guacaleros, se convirtieron en mis clientes, porque cuando les hablaba les parecía que estaban allí donde nacieron, y lloraban sobre mí, pobrecitos. Y comenzaron a ir conmigo también hombres de la Vera Cruz, Oaxaca, Tabasco y Campeche, y de más lejos, hasta chapines, pero luego luego también catrachos, chochos, ticos y guanacos, y hasta de otras tierras, que hacían fila para llorar sobre mí mientras les hablaba de mi pueblito, porque decían que era como el de ellos. ¡Y cómo lloraban cuando les contaba de mi casita, de mi Nonan querida, mis hermanos, de Notatzin, del perro que tenía, de la vaca, los puercos y las totolin que criaba, de los árboles, los sabores de las frutas y las comidas de allá, de los olores al mediodía, o en la noche, de los ruidos y los totome cantando, y la lluvia, de la iglesia los domingos y las fiestas del pueblo! Decían que extrañaban todo; y, mientras lloraban, se aliviaban. Era lindo. Me enseñaban fotos de sus padres, sus hijos, sus esposas. Y a algunos hasta se les olvidaba hacerme eso, o casi, ¿no?, porque al final, a pesar de los cuentos y del llanto, todos me lo hacían. Unos cuantos hasta me pedían que, mientras los trabajaba, les hablara como si yo fuera la esposa que dejaron en su pueblito. No les importaba yo, sino que me alquilaban para imaginarme con la cara de la mujer a la que querían. Les gustaba más mientras menos fuera yo y más la otra. Y hubo hasta quien me golpeaba porque así le recordaba mejor a la esposa, y lloraba más. Y me llamaban por los nombres de ellas, y yo me sentía buena, que los estaba ayudando a que sufrieran menos. Era bonito que todos querían ir conmigo y lloraran, como si llovieran su tristeza sobre mí.

Lo malo es que en cuanto terminaban, se iban y ni me miraban. Y yo me tenía que lavar porque ya venía otro, y luego otro, y otro. Y ninguno pensaba en mí. Y yo me imaginaba qué lindo sería que un hombre se enamorara tanto de mí que luego si estaba lejos llorara de tristeza y tuviera que pagarle a una cihuahuiani para decirle mi nombre una y otra vez.

Pero, con este oficio, ¿quién se iba a enamorar de mí?, ¿quién iba a querer tener un hijo conmigo? Un conenetl mío, como ése de sólo cuatro meses que tenían junto a otros niños en el piso alto de la casa, mientras sus padres trabajaban para pagar su liberación. Por las mañanas, me gustaba cuidarlos, y llevarles algo de mi comida, porque los chulos no les daban mucho alimento y los maltrataban para que sus familiares se apuraran a pagar para poder llevárselos.

Allí volví a ver al chapín Gonzalo con su hijita de tres años, Lucecita. Él fue uno de los que encerraron en el tráiler y no pusieron el aire, y cuando el coyotl abrió la puerta en un rancho cerca de Victoria, había 19 muertos, entre ellos la esposa de Gonzalo. El coyotl los amenazó con un revólver y Gonzalo tuvo que enterrar allí a su mujer y seguir con su hijita. Y ahora salía a la calle a lo que le mandara *el Zopilote,* y así pagaba para liberar a Lucecita.

El pobrecito. Me miraba triste y bonito, y a pesar de lo que yo hacía, no me veía sucia. Enseguida me enamoré de ese chapín. Y él me quería bastante; pero, como su dinero se lo daba al *Zopilote* para que algún día soltaran a Lucecita, no podía pagar para estar conmigo. El pobre. Cada vez que yo salía del cuarto para buscar otro hombre, Gonzalo aprovechaba y me decía muchas cosas lindas, y yo me hacía que no lo creía, para que me dijera más, hasta que me convenció. Y una madrugada vigiló hasta que se fue el último de mis clientes, y se metió en mi cuarto sin que los chulos lo vieran.

Y entonces yo no pude. Me daba mucha vergüenza desnudarme con un hombre que no pagara. Y además, no sabía qué hacer, porque, ¿si yo no le gustaba?, ¿si después no quería estar más conmigo? Pero Gonzalo me dijo que yo era su reina, y su hijita su princesa, y que cuando fuéramos libres viviríamos juntos los tres, y me entregué a él. Fue como si con esos hombres mi cuerpo hubiera estado dormido y despertara limpiecito, para estar con mi chapín. Yo le pedí que, en ese momento, dijera mi nombre: "Adelina", y lo repitiera, "Adelina", "Adelina", y me sentí muy feliz, porque alguien estaba enamorado de mí.

Como Gonzalo no pagaba por mí, si *el Zopilote* y los otros nos descubrían, nos mataban a golpes y vendían a Lucecita, por lo que nos veíamos a escondidas y a veces era sólo una vez al mes. Gonzalo quería que nos escapáramos con la niña, pero pronto, porque *el Zopilote* y *el Gringo Colorado* siempre estaban cualanqui, dándole al cochipatli, y sacando pistola por cualquier cosa, que todos estábamos asustados.

Esa mañana, yo limpiaba la sala junto a *la Muerta Bonita* y *la Basurera,* para cuando llegaran los clientes, y *el Gringo Colorado* nos vigilaba, pero había estado dándole al cochipatli, y se había dormido sobre un sofá. Y Gonzalo entró de la calle, de algún mandado del *Zopilote,* miró al *Gringo,* y me llevó hacia una ventana. Me dijo, bajito, que era ahorita mesmo, que le había oído decir al *Zopilote* que me iban a desaparecer porque tenía muy crecida la panza por el conenetl que traía y nadie quería acostarse conmigo, salvo aquel pervertido al que le gustaban más las que estaban por parir. Y me dijo que él le avisó a gente que nos iba a ayudar, que estaban afuera, y que subiera, agarrara a Lucecita y saliera corriendo de la casa. Ya.

Gonzalo fue a la ventana y por una rendija sacó un pañuelo, como señal, y yo iba a subir a lo que él me dijo cuando *el Gringo Colorado* se despertó, nos miró, supo, y comenzó a gritar en gabacho mientras buscaba su pistola. Y Gonzalo corrió hacia las escaleras y yo me escondí tras un butacón cerca de la ventana, y *la Muerta Bonita* y *la Basurera* huyeron gritando de la sala mientras *el Gringo* sacaba la pistola y subía al piso de arriba tras Gonzalo.

Enseguida se escucharon arriba los gritos de *la Ciclonera* y de las otras mujeres y niños, y también al *Zopilote* gritando: "Mátalo, mátalo". Me asusté por Gonzalo y miré por la ventana para ver quién nos iba a ayudar y vi a policías que caminaban hacia la casa con unos escudos. Entonces cayó un bulto desde arriba y era Gonzalo, que se rompió una pierna y oí que *el Gringo* le disparó y vi cuando las balas le entraron a mi chapín, pero también vi a policías disparar y al *Gringo* caer desde arriba y quedar muertito. Y los policías se llevaron a Gonzalo, sangrando.

Y tras de mí apareció en la sala *el Zopilote* con su pistola en la mano y me apuntó y me gritó que fuera a buscar al *Tatuado* y le dijera que agarrara a la niñita de Gonzalo y la trajera, y que yo bajara con el conenetl de cuatro meses, pero ¡ya! Y como me apuntaba con el arma, corrí a donde me dijo mientras escuchaba a los policías gritando: "Ríndanse, están rodeados, ríndanse". Arriba, las mujeres y niños lloraban. Cuando bajé y le dije al *Zopilote* que *el Tatuado* se había escapado por el fondo, casi enloquece. Y oímos otra vez a la policía gritando: "Ríndanse, están rodeados".

Entonces, *el Zopilote* me pasó un brazo por el cuello, puso su pistola en mi cabeza, abrió la puerta, se asomó apenas y gritó que yo estaba preñada pero así mismo él iba a dispararme si no le traían una *van* para irse conmigo. Y yo pensé: "Virgencita, si se la dan y salimos de aquí, seguro que luego luego me mata de un tiro y se pierde en México, y conmigo se va a morir mi piltzintli". Y pensé: "No, no puede ser, después de las muertes de Timoteo, de Ponciano, de los que quedaron en el desierto, de Amelia la catrachita".

Cuando *el Zopilote* cerró la puerta para esperar la *van*, y me soltó, yo puse los ojos en blanco y llevé la mano al escote como cihuapilli asustada. Y me quedé contemplándolo hasta que él me miró.

Y una fuerza furiosa movió mi mano, y saqué el tlatequini del elpantli y se lo enterré en el cuechtli, lo torcí, y me quité para que no me embarrara la sangre. Todo pasó en lo que aletea un moyotl, porque la mano de Dios guió mi mano. *El Zopilote* ni entendió lo que pasaba: soltó la pistola, se llevó las dos manos al cuello, me miró, cayó de rodillas y comenzó a desangrarse, como los yolcame que yo mataba en Huixtán. Y yo aparté la pistola con el pie, bien lejos, mientras sentía que mi mano estaba bendecida, porque no es pecado matar a un animal, si es necesario para que vivan hombres y mujeres. *El Zopilote* se agarraba el cuello, pero la sangre se le salía y se regaba por el piso. Me alejé para no mancharme los zapatos mientras recordaba cómo él y *el Gringo* nos dieron golpes y patadas a la niña chocha, a las catrachitas Amelia y Pilar, y a mí hasta que sangramos y luego nos violaron mientras que *el Tatuado* nos quemaba con su cigarro. *El Zopilote* cayó hacia adelante y se rompió la cara contra el piso, pero creo que ni se enteró, como que ni sufría mucho. Afuera, los policías gritaban que abriéramos la puerta. Pero yo me senté en el sofá a ver cómo al *Zopilote* se le iba la sangre, y la mancha crecía y crecía, como si fuera un lago, mientras recordaba cómo él, para ganar dinero, nos obligaba a acostarnos con borrachos que nos golpeaban con cintos o látigos. Me eché hacia adelante en mi asiento para escuchar si todavía respiraba y, mientras, fui recordando que me escribió letras en la espalda, y cada una de las cicatrices y quemaduras en mi cuerpo, y en los cuerpos de las muchachitas. Los policías seguían gritando afuera. Pero yo quería esperar a que *el Zopilote* ya no moviera nada y toda su sangre se le hubiera ido del cuerpo y cubriera el piso de la sala y, mientras, recordaba cómo vendieron a Mariíta como si fuera cuacuahueconetl y desaparecieron a Amelia cuando se enfermó, y cómo se ensañaron con Pilar, sobre todo *el Tatuado,* que le gustaba quemarla, y cómo la molió a golpes e hizo que se matara. La policía empezó a golpear la puerta, pero yo no me moví hasta que *el Zopilote* quedó mirando fijo arriba, como si fuera a ir al cielo, que no era posible, y ya no podía hacerle daño al conenetl de cuatro meses ni a mi piltzintli ni a la hijita de Gonzalo, que estaba sola en el cuarto donde dejé al *Tatuado,* muertito sobre otro charco de sangre.

Entonces, abrí la puerta y les dije que todo acabó, que estaban muertos. Y los policías me pidieron que levantara las manos y entraron a la casa y sacaron a todas las mujeres y a cada conenetl para entregárselos a su nantli y tahtli.

Ahora estoy bien aquí, junto a las muchachitas: jugamos, tenemos muñecas, televisión, buena comida, una cama y regadera en el baño, con agua tibia, y me baño dos o tres veces al día, para sentirme limpia. Los médicos me atienden, a mí y a las otras embarazadas, y para quitarme el gusto por las drogas. También me están haciendo pruebas, por si tengo esas enfermedades que se pasan hombres y mujeres, que la gente hasta puede morirse de eso, pero no se preocupe, Nonan, que si estoy enferma me dan medicinas y me curan.

Como sólo sé mexicano, esta carta me la escribieron las muchachitas, que son muy buenas: hacemos una fiesta cada vez que una de nosotras se va. Estoy aquí porque me acusan de demorarme en pedir ayuda porque dicen que yo quería que *el Zopilote* se muriera allí mismo. Lo malo es que no voy a poder quedarme más tiempo aquí, porque mi abogada dice que me va a sacar libre porque la gente se horrorizó al enterarse por las noticias de los abusos y los golpes que nos daban y porque estoy ayudando a la policía a encontrar las casas, los autos, y la droga y las armas, y ya decomisaron millones de dólares, y porque gracias a mí arrestaron al *Mero Rey,* y le podrían echar 30 años. Y de todas formas no me pueden juzgar como mujer porque soy menor, y si me encierran un tiempo entonces mi piltzintli nacerá gabacho, y aunque puede ser de cualquier hombre que pagó para tenerme, yo sé que es de Gonzalo, mi chapín, que se cura en el hospital.

Cuéntele todo a tlahtli Jenaro, que murieron Ponciano y Timoteo, y no aparece Maríita, la pobre, tan niñita, y que se lo cuente a Nonan, para que se ponga feliz de saber que no me morí y que al final me está yendo bien, que éste es el lugar más lindo y donde más protegida me he sentido en mi vida, y también que las muchachitas me preparan una fiesta porque en dos días voy a cumplir 15 años de edad.

Y usted, subcomandante Marcos, tlazohcamati por leer mi carta, cenca tlazohcamati,
Adelina Paniagua.

Sinflictivo

Es una historia terrible, morbosa y, por tanto, irresistiblemente atractiva. Parecida a la de muchos que emigran a Estados Unidos. Unos arriesgan la vida en el desierto, otros en el río. Nosotros nos lanzamos al mar sobre unas cuantas tablas amarradas a varios cauchos y nos encomendamos a Dios. Creíamos que sería fácil, pero resultó horrible. Día y noche los tiburones al acecho de una mano descuidada o un pie; le han cogido el gusto a la ruta Cuba-la Florida y son caníbales. Y Wilfredo y yo moviendo la balsa con un solo remo. ¡Cómo sufro cuando alguien dice que fue asesinado! Lo conocí en una cárcel en Cuba. Wilfre había firmado una carta pidiendo democracia en el país y lo botaron del trabajo, por conflictivo, y no le dejaban levantar cabeza. Pero tenía que comer, y se dedicó a vender caramelos por la calle, que allá eso es ilegal, pero así iba resolviendo. Sin embargo, siguió con sus carticas de disidente y lo apresaron, lo acusaron de comprar azúcar en el mercado negro para hacer los caramelos y lo encarcelaron. Él llenaba esas horas infinitas en nuestra celda aburriéndome con los mismos cuentos de su vida: terminé aprendiéndome hasta los nombres de sus familiares vivos y muertos. ¡Cómo me quería! Se carteaba con una prima millonaria que vino para Miami de niña, quien le prometía maravillas por ser su último pariente vivo. En la intimidad de la celda lo planeamos todo. Él cumplió su sentencia primero, salió libre y preparó la balsa. Y la noche acordada, yo hice lo mío y escapé de la cárcel. El Wilfre estaba esperándome, ¡qué fiel!, y esa misma madrugada, en un camión que se robó, llegamos cerca de Santa Cruz, lanzamos la balsa al agua, y comenzamos a remar hacia tierras de libertad.

Pero sólo encontramos agua y más agua. Perdí la cuenta de cuántos días estuvimos a la deriva. Se nos acabó la comida. El sol nos quemó. Nos amarramos a la balsa para no caernos al mar si nos desmayábamos. Wilfre deliraba y olvidó remar. El agua de beber no alcanzaba. Un tiburón inmenso y hambriento nos seguía, nadaba en círculos alrededor de la balsa, montándonos una guardia mortal. ¡*Awful!* Una noche, cuando ya estaba seguro de que yo también me moría, divisé las luces de Miami, y remé como un condenado. No sé cómo me alcanzaron las fuerzas, pero llegué a la arena poco antes de que comenzara a amanecer, en medio de la oscuridad, y la Guardia Costera no me vio. Estaba medio muerto, pero había llegado a territorio americano y, usted sabe, la Ley Pies Secos-Pies Mojados protege a los cubanos que huyen de "aquello" y mis pies estaban llenos de arena, pero secos. Y con las primeras luces del amanecer, unos turistas de un hotel me vieron y me ayudaron: me dieron agua, avisaron al *rescue* y, suerte que tiene uno, me hicieron una colecta donde reunieron unos 600 dólares. ¡Tremenda bienvenida al país de las oportunidades!

En el centro de inmigración de Krome me hicieron mis documentos de identificación, un chequeo médico, le avisé a la prima y corrió a recogerme, contentísima ella. Era gorda como un *hamburger* doble pero, aunque no llegaba a millonaria, tenía muchísima plata. No se portó mal. Me rentó un *efficiency* donde vivir, me compró un carrito viejo, un *transportation,* para ir y venir del trabajo y me consiguió un empleo: no en una oficina, como yo soñaba, de acuerdo a mis estudios y mi experiencia, sino en una factoría donde hacían cazuelas y otros utensilios de cocina.

Yo, poniendo etiquetas y cargando cajas junto a inmigrantes de casi todos los países de América Latina. Aquello era un infierno y lo que pagaban era el salario mínimo. Al segundo día le dije a uno de los jefes que por mis conocimientos yo podía tener un empleo cien veces mejor y el tipo me dio un *tour* por la fábrica, presentándome gente: un nicaragüense periodista, un ecuatoriano maestro, un cubano arquitecto, y venezolanos y colombianos y argentinos, en fin, un muestrario, casi todos profesionales recién llegados, ¿y qué hacían?: ponían etiquetas y cargaban cajas para mantener a sus familias, pero estudiaban por las noches para revalidar su título u obtener cualquier diploma que les permitiera mejorar. Entonces, ¿qué prefería?, me preguntó el jefe, ¿hacer lo mismo que los otros y trabajar sin protestar o hacerme el importante y ser despedido? Seguí cargando cajas.

Pero tomé la determinación de cambiar de vida. Y comencé relatándole a la prima mi historia de disidente en Cuba, con los detalles de todos los vejámenes y persecuciones que sufría allá, donde me acusaban de conflictivo, y cómo me vi precisado a exiliarme en Estados Unidos, en contra de mi voluntad, porque yo sólo pensaba en mi patria. Ante ella, lloré por la impotencia de no poder dedicarme a luchar por la libertad de mi país porque la factoría consumía todo mi tiempo y mis energías. Días tras día le insistí en mi drama hasta que la fui sensibilizando. Antes del mes de haber llegado al país de las oportunidades, la gorda me subvencionó *full time* en mis actividades patrióticas. No hubo manifestación con banderitas ni *talk show* político radial en el que no estuviera yo profetizando la inminente liberación de mi patria mancillada.

La gorda, recién divorciada ansiosa, se deslumbró por la pasión con que yo hablaba de la libertad de nuestra isla y lo conflictivo que yo era en La Habana, y la forma en que me enfrentaba al aparato, y me metió en su cama a pesar de ser primos. ¡La tierra prometida! Tremenda casa, Lexus descapotable, todo a mi disposición, dueña incluida. A veces ésa era la peor parte, porque tenía que aguantarle la cantaleta de que sus padres y otras decenas de miles más habían llegado a este país con una mano alante y otra atrás, y siendo médicos, ingenieros y abogados habían tenido que recoger tomates en Homestead durante años junto a mexicanos y centroamericanos hasta que, como todos, pudieron rehacer sus vidas o encauzar las de sus hijos. Pero, después de todo, era mejor soportarle los cuentos que doblar el lomo en la factoría junto a una pila de inmigrantes con sueños a muy largo plazo.

Me uní a uno de los grupos más conservadores de Miami. Por cualquier cosa, marchábamos con cartelones y salíamos en televisión. La prima, orgullosa de mí, me mantenía, y todo por la patria. Fue el paraíso. Hasta que le armamos el mitin al pianista cubano que pretendió dar un concierto en Miami sin haber roto explícitamente con La Habana. Y asistieron algunos que están por el diálogo con el régimen y hubo insultos y gaznatones y me vi cara a cara con Martín. ¿Quién me lo iba a decir? Martín, y metido a dialoguero, el muy masoquista.

Vivir en Miami se tornó riesgoso para mí: mucho extremismo político, demasiada gente conflictiva. Con un dinerito de la gorda, me fui a New Jersey, busqué una dirección que me había aprendido de memoria en Cuba, y me aparecí en el apartamento de Félix. Sí, el que ahora dicen que asesinaron. Abrió la puerta y se arrebató al verme. Se había dejado la barba, pero estaba igualito. Siempre nos parecimos. En la cara, no en la pluma; porque, hay que decirlo, ¿no?: ese Félix siempre fue un poco alborotado. No nos veíamos desde su expulsión de la Universidad de La Habana, acusado de diversionismo ideológico por ir a la iglesia y por cartearse con su tía de New Jersey, ¡una traidora a su país! Bueno, y también por ser un poco maricón. No critico a los homosexuales. Yo era su amigo en medio de la Depuración Ideológica que hicieron en las universidades en Cuba, cuando impidieron continuar los estudios a todos los conflictivos. Valga que, desde niño, mi padre me inculcó no enfrentarme jamás al poder, menos si es absoluto. Así que cuando me enteré de que iban a hacer una Depuración me pelé, cambié mi modo de vestir, me alejé de algunas amistades perjudiciales, dejé de criticar las cosas que pasaban y simulé un poco, para parecerme al Hombre Nuevo, y me perdonaron. Pero Félix ya tenía el expediente manchado, por la pluma y la tía, y lo botaron. Después, ni trabajo conseguía. En 1980, cuando el éxodo por la bahía del Mariel, él, que era discretísimo en sus cosas íntimas, se tiñó el pelo de rojo, se pintó uñas y labios, y, con la intención de que lo botaran de Cuba, se presentó en la estación de policía de Marianao. Y allí le dijo al oficial de la carpeta de la unidad: "Soy loca, loquísima, desquiciada, rezo rosarios en la iglesia y, por la noche, a buscar machos a La Rampa, ¡ay!, qué mala soy, loca, agresiva, depravada, beata, corruptora de jóvenes, sobre todo de los negros, esos negrones grandes y fuertes, que son el futuro luminoso de la patria, ésos son los que más me gustan, y los seduzco, ¡soy lo peor! Yo pervierto a los negrones, no merezco vivir aquí, entre tanta pureza". Y lo montaron en un barco que vino cargado de criminales acabaditos de sacar de la cárcel y de algunos locos del Hospital Psiquiátrico de Mazorra.

Cuando llegó a New Jersey en el 80, trabajó lavando platos y friendo *hamburgers* y papitas en cafeterías de *fast food,* luego en una carnicería y hasta se vio precisado a romperse las manos laborando en la construcción; pero así pudo estudiar de noche y años después terminó haciéndose médico. Cosas de la vida. Y yo, allá en Cuba, no terminé medicina. Lo mío siempre fue la escritura. Los informes limpiecitos, sin faltas, llenos de detalles, pura literatura. Me felicitaban. Y no es que dijera nada importante de lo que hablaban o pensaban mis amigos o mis compañeros de estudio o de trabajo, ¡qué va!, nunca, yo sólo transmitía nimiedades, pero es que cualquier bobería que pusieras en el informe, a ellos, los de arriba, les parecía bien. Sólo querían saber cómo pensaba cada uno, vaya, no ser los últimos en enterarse. Y yo estaba obligado, porque con mi pasado no muy limpio, podían hacerme picadillo, por conflictivo. Nada, que ellos mismos te obligan a escribir falsedades: yo traté de perjudicar lo menos posible a la gente en mis informes, poniendo una mentirita allí y una verdad a medias allá, sólo simulé un poco y me le colé al sistema. Me hice una fachada de tipo que creía en todo, pero por debajo de la piel era el mismo rebelde de siempre. Regresé de la Unión Soviética en el ochenta y pico y eché huesos viejos trabajando en cargos de nivel medio en diversas organizaciones sociales, siempre fingiendo que aquella matraca del socialismo me gustaba. ¿Qué podía hacer?

Hasta que se cayó el muro de Berlín, se destimbaló la Unión Soviética y la cosa se puso negra. El rojo dejó de ser el color de moda y lo que importaba era "el verde", el *dollar*. Pero yo siempre he sido un tipo atento a las oportunidades. Cuando empezaron a permitir inversiones extranjeras en el país, logré colarme en una corporación cubano-española de servicios médicos. La empresa brindaba desde ortopedia reconstructiva hasta neurotrasplantes, pasando por cirugía plástica y abortos, en dólares y, claro, sólo para extranjeros. Allí iban desde la canadiense rica a estirarse el pellejo, hasta el empresario español a quitarse la cojera y, de paso, los años debajo de una negra cubana, nalgatorio *king size* en caja de bolas, *international high quality* todo por unas migajas. Por allí pasaron desde el actor francés Alain Delon, arrugado pero sabroso todavía, hasta políticos y funcionarios latinoamericanos con los billetones cayéndoseles de los maletines gubernamentales. Y siempre uno se salpicaba con el agua que se salía de esos maletines.

Claro que, en lo más profundo de mi ser, me irritaba que los nacionales no tuvieran acceso a esa clínica. Pero, ¿qué iba a decir? ¿Protestar para perderlo todo y que me tiraran para una fábrica o me desaparecieran del mapa? No, yo esperé la oportunidad y tuve mi especie de venganza: manifesté mi asco hacia el *apartheid* del dólar con los cubanos cuando, siendo uno de los dirigentes de la empresa, usé métodos económicos liberales. Y todo me fue bien. Vivía por encima del nivel, ni podía quejarme. Hasta que mi jefe, por llevarse a la cama a una *teenager,* se olvidó de que allá hay que tener encendido las 24 horas el radar político y, comiendo mierda con la pepilla, apoyó sin darse cuenta un proyecto que le desagradaba al *Number One,* y nos tronaron a los dos.

Nos partieron por el eje. Todo fue un burdo pretexto para aplastarnos: que si mientras el pueblo no tenía ni qué comer y las casas se caían a pedazos, mi jefe y yo teníamos aparatos de aire acondicionado, televisores, videos, acudíamos a restaurantes en dólares, poseíamos en nuestras residencias plantas eléctricas contra apagones, siempre *full tank* en el Toyota y ¡vaya que frecuentábamos la playa de Varadero en onda de *love affairs!*: fue tremenda mierda la que hicieron con nosotros pues teníamos sólo lo mínimo comparado con las prerrogativas que históricamente disfrutan los que ostentan esos cargos. Lo que pasa es que si no le sigues la rima al Tipo, al que más manda, y te equivocas y dices "izquierdo" el día que Él cree que es "derecho", te parten con cualquier excusa, te acusan de conflictivo, y cuando te están haciendo el número ocho, nadie se atreve no a defenderte sino ni siquiera a hablarte.

Así fue que conocí a Wilfre, cuando me condenaron por malversación y me engavetaron en la cárcel para que cumpliera 10 años. No, esto no es un cuentecito *light,* esto es mi vida y la historia bien vale un millón de dólares.

Bueno, le contaba de Félix, de nuestro reencuentro en New Jersey. Él había llegado a médico: tremendo profesional, muy respetable y todo eso; pero seguía en lo suyo, vaya, la pajarería. Vivía con Samuel, a quien yo conocía de atrás, de jodederas de adolescentes en el Bosque de La Habana, antes de que lo mandaran a un campo de concentración de la UMAP, Unidad Militar de Ayuda a la Producción, a cortar caña y recibir golpes hasta hacerse un hombre.

Ahora Samuel se llamaba Samy y era abogado. A los dos tuve que aguantarles los cuentos de sus primeros años aquí, cuando lavaban platos y freían *hamburgers* y repartían periódicos de madrugada, y cómo conocieron a otros jóvenes de quién sabe qué otros sitios perdidos en América Latina que echaban el bofe en los peores trabajos para poder mantener a las familias que dejaron atrás. Yo no digo que no sean hermosas esas historias de los que dejamos atrás nuestras tierras para labrarnos una vida mejor aquí. Pero es que el tal Samy parecía que me reprochaba que ellos sí habían dejado el pellejo en el trabajo cuando llegaron aquí, mientras que yo había tenido más suerte.

El hecho es que Samy me enfiló los cañones: parece que estaba resentido contra todo lo que viniera de Cuba, y también que sentía celos. Porque Félix y yo habíamos tenido lo nuestro antes de la Depuración, locuras de juventud, y me idolatraba. Me instaló en su casa, me consiguió una plaza de enfermero en su hospital, y yo me dejé querer. A Samy le dio una perreta: dijo que años atrás, en Cuba, para salvarme de la Depuración, yo había entregado a los dirigentes políticos de la Universidad las cartas que desde New Jersey recibía Félix de su tía, y que por eso lo botaron y le hicieron la vida un yogur. Y además inventó que a él también lo denuncié, que le conté a la policía las cochinadas que él hacía con otros muchachos en el Bosque de La Habana y que por eso lo encerraron en la UMAP, y que a cambio de esa chivatería que destruyó las vidas de tanta gente, como premio me dieron un viaje a Rusia. Todo eso dijo. Pero no le resultó. Félix no quiso escucharlo y lo acusó de mentir por despecho, y sacaron una bronca que casi se jalan los pelos. Pero yo me salí con la mía. Es que siempre fui el bacán de Félix. ¡Cómo le brillaban los ojitos cuando casi todos los domingos paseábamos en bote por el laguito de West New York y remábamos hasta que oscurecía y jugueteábamos en la penumbra!

Desde hacía tiempo, Félix tenía una proposición de un hospital en Alaska, con sueldo astronómico, y nunca había aceptado para no separarse de Samy, que trabajaba en un bufete en Elizabeth. Pero yo le di y le di hasta que lo convencí. Félix sacó sus ahorros del banco y preparamos las maletas. Todo salió como lo planifiqué. Y me fui para Alaska. ¡Para qué contarle el frío que pasé en Anchorage! Pero fueron meses bonitos: mi bata blanca, mi prestigio, y el personal de enfermería admirándome, dóctor Domínguez, dóctor Domínguez, todo el mundo loco por montar en mi Corvette rojo.

Usted sabe el resto, todo el escándalo que se formó por las irregularidades que tuve con el plan de atención médica de la seguridad social, el Medicare. Nada, mucha intolerancia en este país, porque los médicos gringos lo hacen, pero al que vigilan es al hispano. Y caí preso por fraude y los periódicos mancharon el nombre del doctor Domínguez.

Bueno, tampoco era para tanto: un buen abogado y ahora estaría libre. Pero tuve mala suerte. Porque Samy corrió a Alaska a defender a su ex amante en el juicio y le dio un ataquito de locura al ver que yo era el doctor Félix Domínguez. Me denunció por impostor y asesino. El juez me puso una fianza astronómica, que no pude pagar. El caso tuvo repercusión nacional, llegó hasta los periódicos de Miami, y Martín, que en Cuba fue mi amigo, me traicionó sacando a la luz pública que yo le había organizado aquel Mitin de Repudio en La Habana en el 80 cuando era profesor del preuniversitario de Marianao y alguien lo chivateó por pensar abandonar Cuba para venir para acá. ¿Qué quería que yo hiciera? ¿Quién contiene a los muchachones, autorizados a tirarle fango a un profesor, pegarle plumas, colgarle al cuello carteles de traidor y golpearlo cuadras y cuadras? Si me negaba me expulsaban. Y ahora Martín decía, además, que yo era un espía y un provocador, todo porque en el mitin contra el pianista en Miami le bajé un gaznatón por "dialoguero".

No, y cuando la gorda vio mi foto en la prensa y se enteró de que yo no era Wilfredo, formó tremendo escándalo: me acusó de robarle joyas y de asesinar a su primo en el medio del mar para suplantarlo. Oiga, con lo que yo quería a Wilfre. Pero se ahogó, y yo tenía que pensar en mi futuro. Además, fue fácil hacer creer que yo era él. Aquí, si tú vienes de Cuba en una balsa, sin ningún documento, hecho mierda y rojo como una langosta y dices que eres Yurisleidis Fernández, de Guanabacoa, te dan la tarjeta del *Social Security* con ese nombre y eres Yurisleidis para el resto de tu vida, sin importar tu pasado. ¿Qué había de malo en perpetuar el recuerdo de Wilfre usando su nombre?

No todo fue negativo: en La Mesa Redonda que cada día realiza la televisión oficial en Cuba, el gobierno me imputó el asesinato de un custodio para escapar de la cárcel y entonces algunos ancianos de Miami comenzaron a llamar a las emisoras locales de radio para defenderme: que si lo del custodio era una patraña más del régimen cubano, que si yo era un luchador por la libertad, que si me estuvieron torturando, que si era un patriota. Y en cuanto a las acusaciones de que yo era un provocador, bueno, se quedaron en nada, porque en Miami nadie le hace caso a Martín, por "dialoguero", por impulsar conversaciones con los gobernantes de la isla.

¿Lo de las joyas que dice la prima que le robé? Despecho, nada más que despecho. Ella misma me las regaló. Y que no siga con esa cantaleta de que le llevé las joyas, porque muestro algunos videos que le grabé sin que ella lo supiera cuando estábamos en la intimidad... la gorda se arrebataba conmigo y dejaba que yo le hiciera barbaridades. ¿Le conté cómo relinchaba encuerada en el cuarto para que yo la persiguiera como un caballo desesperado? ¡Un toquecito erótico para el libro!

¿Lo de Wilfre? ¿Quién me puede echar la culpa de lo que pasó? Estábamos solos en medio del océano. Soy el único testigo. Una noche me despertaron sus alaridos. No pude hacer nada porque estaba todo oscuro. Esto puede ser un capítulo impactante. No sé cómo Wilfre se cayó de la balsa. Me llamaba. Fue horrible. Si hacen una película, le gente se va a tapar los ojos en el cine. Wilfre gritaba porque el tiburón se lo comía. Yo, por si acaso, me amarré mejor.

En cuanto a Félix, ya saben que no fue conmigo a Alaska. Pero no pueden acusarme de su muerte porque su cadáver no aparece. Han buscado en West New York completo y en otras partes de New Jersey y no lo encuentran. Cavaron en todo el jardín de la casa en que vivíamos, desbarataron el *basement*, y nada. Desapareció. Eso fue lo que pasó, que un día no volvió y yo me quedé esperándolo. Y cuando vi que no regresaba, tomé mi decisión. ¿Qué iba a hacer? ¿Morirme de hambre en New Jersey mientras había un contrato de seis cifras en Alaska, esperando por mí? Con los tres años que estudié en Cuba la carrera de medicina y la experiencia de enfermero en New Jersey, yo daba el plante. Me dejé la barba y partí para Anchorage como el doctor Félix Domínguez. ¿Algo de malo en eso? Y si no aparece el cadáver, ¿cómo pueden asegurar que está muerto? Seguro que Félix se aburrió de guardar la forma en medio del machismo cubano de New Jersey y está de *full-time-gay* en San Francisco, con flores en el pelo, como decía la canción.

Esta historia es pan caliente. Con unas pinceladas de homosexualidad, de moda ahora en los *mass media* debido a la lucha por los matrimonios gays, los productores de Hollywood van a disputarse los derechos para el cine. Con el adelanto podría contratar al bufete de abogados que logró la libertad de O. J. Simpson. Por suerte, en Anchorage no me leyeron los derechos en español al detenerme y cualquier descubrimiento derivado de esos interrogatorios carece de validez legal. Si el abogado se agarra de esos tecnicismos y echa abajo la acusación de impostura, a lo más me ponen una buena multa por la bobería del Medicare, y para la calle.

¡Un *best seller*! En fin, ¿cuánto me paga por la historia? ¿Cómo? ¿Si soy inocente no sirve? ¿Por qué? ¿Porque el público prefiere lo morboso? ¡Ah…! Y… es un decir… ¿si fuera un asesino? ¡¿Medio millón por la exclusiva?! Bien, ya estamos en *business*. Con una condición: el libro se publica después que me absuelvan. No se puede juzgar dos veces a una persona por el mismo delito. *Right?*

Escuche: me hice amigo del custodio en la cárcel y una tarde me trajo, escondido de sus jefes, una cartica de Wilfre al campo donde trabajábamos y le rajé la garganta de lado a lado con una cuchillita de afeitar que venía en el sobre. Aquí eso no cuenta, o cuenta a favor: heroísmo político. A la gorda le levanté unas boberías de oro que tenía sueltas por ahí, en pago a mis servicios, porque me tuvo durante meses como su semental privado y no me soltó ni un *penny*. Pero a Wilfre no lo maté. Nada, la sed y el sol lo enloquecieron y estaba jodiendo tanto que le aflojé el nudito a ver si se zafaba. ¡Si seguía así hundía la balsa! Y lo de Félix, bueno, eso fue más complejo. A última hora se arrepintió de irse a Alaska, y creo que extrañaba a Samy y quería volver con él. Pero, ¿y yo? ¿Quedar en la calle después de vivir como una princesa? No era justo. Un atardecer, en el laguito…

Mire, mejor tráigame un notario, firmamos el contrato, me da el adelanto, me paga la fianza y, ya en la calle, escribo el libro en lo que llega el juicio. Siempre me gustó la literatura.

¿Y cuál es la posición ideológica de su editorial? Puedo ensombrecer aún más el tópico de la represión en Cuba. O criticar las tendencias más conservadoras del exilio de Miami… O a los dialogueros y moderados. Como quiera. Lo que quiera. Yo soy un tipo sinflictivo.

Las reglas del juego

Amanece y comienza la primera ronda: Puig se despide de su esposa en la puerta de su casa en las afueras y monta al auto con su hija Ivette, a quien dejará en la universidad. Mientras conduce por la CIUDAD, el hombre se pregunta cómo pagará el dinero que le debe a ese hampón de Carreño.

Mientras, en su mansión, Charo de la Vega besa a Tony, su joven esposo que aún está en la cama, y se va temprano para la oficina, a organizar su campaña política para que la reelijan alcaldesa. Su chofer conduce y ella, en el asiento trasero, se siente muy molesta ante la posibilidad de que Tony se vea hoy con esa tipeja de Maripili, la periodista con quien le es infiel.

Bruno llama por teléfono al diputado Paz, y se excusa con una mentira: le dice que lamenta no poder hacer hoy su labor de guardaespaldas pero es que se encuentra enfermo. Cuelga el teléfono y, luego, al ver venir del baño a Maripili, su hermosa y joven esposa, le miente también cuando le dice que va al trabajo, y sale.

Tony, después de que Charo se ha ido, se levanta de prisa de la cama, se da un baño, se viste con elegancia, y se perfuma mientras se mira en el espejo. Se aprueba y sonríe. Luego baja al estacionamiento, entra a su BMW, y se aleja, tarareando una canción mientras conduce.

Después de que su esposo Bruno sale, Maripili se pone el vestido que considera más atractivo, abandona la casa y monta en su auto deportivo. Desde la acera de enfrente, Bruno ha estado oculto en su auto y la ve alejarse. Enfermo de celos, decide seguirla a cierta distancia mientras una pregunta lo atormenta: ¿lo está engañando Maripili?

Mientras, no lejos de allí, José Manuel está listo para salir hacia su negocio de antigüedades pero disfruta unos instantes contemplando a Blanca, su mujer, que duerme. Piensa que cualquiera que los conozca, los vería como los inmigrantes que lograron su sueño. Sin embargo, la angustia le impide cualquier atisbo de felicidad: ha contraído deudas con Carreño para costear el tratamiento psiquiátrico de Blanca, quien perdió un embarazo de ocho meses. Ella parece estar mejor. Es hora de irse. La deja durmiendo. Va hasta el garaje de la casa y entra a su auto. Tiene que conseguir el dinero: ¿lo matará Carreño si no le paga?

Bruno ha seguido a Maripili en un corto recorrido por la CIUDAD, y la acaba de ver abandonando su auto deportivo y entrando a un apartamento abrazada a Tony: ¡Oh, Dios! ¡Lo que más temía se ha cumplido! Su hermosa mujercita, a quien ama locamente, se acuesta con otro hombre. Bruno da golpes en el volante de su auto hasta que se le salen las lágrimas. ¡No, no puede ser!, no resiste esa idea. ¿Desde cuándo Maripili lo engaña con ese engreído?

Al otro lado de la CIUDAD, en una sucia habitación de un hotelucho de mala muerte, Carreño se ajusta la pistola en la sobaquera, se pone el saco y se mira en el espejo lleno de manchas. Comprueba que no se le nota el arma bajo la ropa. Cuando más joven, tenía aspiraciones, y estaba dispuesto a lo que fuera necesario por lograrlas. Pero, LA VIDA le ha dado malas cartas y, finalmente, no logró ser jefe de nadie y ahora es sólo un matón de tercera fila que cobra dinero para otros. Carreño cree que su imagen en el espejo es patética, la de un total fracasado. Hoy va en busca de dinero, y los que no le paguen, van a recibir todo su enojo. Al salir de su cuartucho, tropieza con una botella vacía de cerveza, le da una patada, y la botella se rompe en decenas de pedazos. No los recoge, sino que sale irritado, le da un tirón a la puerta y mientras avanza hacia la salida se toca la pistola por encima de la ropa y piensa que es hora de que su existencia cambie porque, ¿hasta cuándo vivirá así?

El diputado Paz sale de su mansión con Alex, su único hijo, y ambos abordan el lujoso auto negro. El diputado le dice al chofer que los lleve a la universidad. Desde que falleció su esposa hace sólo un año, él se ha tenido que ocupar de todos los asuntos de su hijo que antes atendía ella. Pero siente que no sólo es su deber, sino que Alex es tan buen muchacho que merece todos sus esfuerzos. Hoy, antes de ir a su oficina, dejará al joven en la universidad, donde tiene un difícil examen para el que ha estudiado mucho. ¿Lo aprobará su hijo?

Drácula decide salirse de su barrio en busca de una víctima adinerada. Su suerte en LA VIDA estuvo marcada desde los inicios: le tocó ser hijo de padres alcohólicos y nacer en el peor y más temible vecindario de la CIUDAD. ¿Alguien lo puede culpar, se dice él, por haber tenido que acudir a la violencia desde niño para poder sobrevivir? Ya ni recuerda cuántas veces ha estado preso, en cuántas guerras de pandillas se ha visto involucrado, ni a cuántos ha herido y hasta quizás matado. Sólo sabe que desde hace años no puede vivir sin droga, que cada día la necesita más, que cuando no la tiene es capaz de aullar de dolor y que ahora no posee ningún gramo y que sus bolsillos están vacíos. Hoy es capaz de todo por la droga. Total, ¿qué puede perder? Vive en un cuarto del tamaño de un clóset, tirado todo el día sobre una cama que parece un criadero de cerdos. Desde hace años ninguna muchacha quiere estar con él y hasta su perro se murió después de que lo tuvo atado afuera y se le olvidó darle agua, mientras estaba drogado. Tiene que olvidar para sentirse bien, y eso lo logra con la droga. Por eso se encamina hacia ese parque de gente rica, cerca de la universidad, en busca de alguien a quien quitarle el dinero y hasta divertirse un poco, contemplando los rostros asustados al verlo con la navaja en la mano.

Usted se despide de su esposa y su hija y toma un ómnibus hacia el trabajo.

Maripili se retoca el maquillaje ante el espejo, luego va a la cama y besa a Tony, su amante. Le pide que no la llame por teléfono, porque Bruno, su esposo, es muy celoso y ella lo ha notado inquieto en los últimos tiempos. Besa nuevamente a Tony y le asegura que ya ella se pondrá en contacto con él. Luego abandona el apartamento, sube a su auto deportivo y parte hacia el periódico, donde labora como reportera de la sección Policiales.

Tony se levanta de la cama y se da una ducha. Está radiante de felicidad. Maripili es un bocado riquísimo. No puede quejarse de LA VIDA. Al casarse con Charo ingresó a la alta sociedad, vive en una bella mansión, asiste a los mejores sitios de la CIUDAD y del país, gracias en parte a que su esposa es una reconocida figura política y lo será más aún si finalmente, como todo augura, logra mantener la alcaldía y, desde ahí, se lanza a puestos aún mayores, en el gobierno nacional. Y él, a su sombra, vive como quiere. Es el negocio perfecto: Charo tiene a un marido joven y fogoso, y él se da todos los gustos, hasta el de tener una amante y tiempo libre suficiente para andar tras otras faldas que pudieran provocarlo. Tony se arregla ante el espejo. Piensa que ese apartamento de soltero, que le prestó su amigo Puig, está perfecto para volver otro día con Maripili o con cualquier otra con la que quiera divertirse un rato. Se echó perfume de uno de los frascos de Puig, se alisó el pelo, salió del apartamento y guardó la llave en su bolsillo. Luego subió a su BMW y se alejó, con la convicción de ser el mejor jugador del día.

Bruno estuvo esas dos horas sufriendo, dentro de su auto estacionado ante el apartamento de Puig, mientras se imaginaba a

Maripili, su esposa, revolcándose en la cama con ese engreído. ¿Cómo ella es capaz de hacerle eso? ¿Por qué? ¿Acaso él no sirve como hombre, no la satisface en la cama? Ah, tiene un dolor clavado en el pecho y más profundo le duele cuando se imagina a Maripili, su Maripili, desnuda, regalándole a otro lo que a él y sólo a él le pertenece. Y lo más terrible es que no puede apartar esa imagen, que lo tortura. Cuando ve salir a Maripili del apartamento, agarra un punzón que guarda en la guantera de su auto, pero se contiene. Ya después arreglará las cosas con ella, la muy perra. Pero primero está ese "niño bonito". ¿Qué se cree ese tipo? ¿Que puede burlarse de él? ¿Que él es un pelele que va a permitir que le gocen a la mujer, impunemente? Cuando ve salir a Tony, su mano se crispa de nuevo sobre el mango del punzón. Ahí está aquél, con sus aires de superioridad, con su figura atlética de joven mantenido. Pero eso va a acabar, hoy mismo. Bruno piensa que LA VIDA ha sido muy cruel con él, que se enamoró perdidamente de Maripili, que trabaja como un animal para darle todos los gustos a su mujercita para que luego ésta lo traicione así, con un tipejo como éste. Cuando Tony se aleja en su BMW, Bruno enciende su auto y lo sigue, sin soltar el punzón, mientras piensa que hoy, todo esto va a cambiar.

    Es la segunda ronda. Puig ha tratado de jugar lo mejor posible con las cartas que LA VIDA le dio. Nació en un barrio humilde, pero gracias al esfuerzo de sus padres logró estudiar, se hizo contador y con los años consiguió un puesto de cierta confianza en la alcaldía. Pero su esposa y su hija Ivette gastan más de lo que él gana. Ellas se lo merecen, sobre todo Ivette, que está sacando excelentes notas en la universidad. Y la muchacha tiene futuro, no sólo por sus estudios sino porque es la novia de Alex, el hijo del diputado Paz. Pero, cierto, quizás su esposa y su hija gastan demasiado. Ellas desconocen que él ha estado pidiendo dinero prestado. Y lo peor es que desde hace un tiempo no ha podido pagar y debe grandes cantidades a ciertas personas que no tienen paciencia alguna y que se lo pueden demostrar de las más violentas maneras posibles. Como ahora, que acaba de entrar ese matón de Carreño en la oficina y se le para delante de su escritorio y se abre el saco para que le vea la pistola y, tirándole en el rostro ese mal aliento de piltrafa humana, le da de plazo hasta esta noche para que le pague y le dice que si no, no importa, porque entonces él, Puig, no vivirá lo suficiente como para ver el amanecer. Después de que Carreño se va, Puig se dice que tiene que obtener ese dinero de cualquier manera, aunque se vea obligado a hacer cosas terribles, indignas de él. Pero cree que no tiene salida: Carreño se veía decidido a cumplir con su amenaza, y más aún: Puig creyó percibir cierto disfrute en el rostro del matón mientras lo decía. No, no podía arriesgarse, pensó Puig. Y decidió poner en marcha el plan al que había estado dándole vueltas durante un tiempo. Era algo mezquino, pero qué iba a hacer: el juego se había puesto difícil, y si no actuaba, en pocas horas lo eliminarían para siempre.

Blanca despierta y se percata de que José Manuel no está. Se siente rara, confusa, como si hubiera estado durmiendo desde hace años, como si entre la telaraña de sus pensamientos debiera intentar descubrir algo que ha ocurrido y no se acuerda. Lentamente, va al baño, se lava la cara, se mira al espejo y al contemplar su rostro no logra discernir cambio alguno. Es la misma de siempre, una mujer aún bella y joven que ama a su esposo, por lo que debe ser feliz. Pero no lo es. Y no comprende por qué. No recuerda por qué José Manuel le ha insistido en los últimos días en que llame a la criada desde que se despierte. Pero Blanca se siente bien y sabe que ella puede valerse por sí misma. Decide ir a la tienda de José Manuel, bien arreglada, y darle la sorpresa. Abre su clóset y cuando ve los vestidos que se estuvo poniendo en los últimos meses, toda la verdad, como un deslumbrante golpe mental, regresa de improviso y debe sostenerse de la puerta para no caer. Esos vestidos, anchos, son de mujer embarazada.

Entonces se vuelve hacia el espejo y se horroriza. ¿Qué ocurrió? ¿Por qué su vientre, donde latía su hijo, se ha reducido a la nada? ¿Qué pasó? Blanca lanza un grito desgarrador, jala los vestidos de maternidad y los deshace en pedazos. Y se decide: toma uno de sus vestidos viejos, se lo tira por encima, y cuando entra la criada al dormitorio y trata de detenerla, ella la lanza contra la pared y la mujer se desmaya. Entonces Blanca se calza unos zapatos, toma su cartera, va hacia el garaje de la casa, entra a su auto y se va hacia la tienda de antigüedades que ella y José Manuel abrieron hace dos años en el centro de la CIUDAD.

Tony estaciona su BMW ante la alcaldía y sube hasta la oficina de Puig. Son amigos desde la infancia, nacieron en el mismo barrio humilde, y a ambos les ha ido bien pero Tony siente que a él todo le ha salido mejor, especialmente desde que se casó con Charo. Se acerca al escritorio de Puig y con un movimiento subrepticio de su mano, le devuelve la llave del apartamento y le da las gracias. Puig recoge la llave y le dice que para eso están los amigos. Tony se siente tan feliz de haber comenzado el día acostándose con Maripili, que no percibe cómo Puig le esquiva la mirada, como si algo lo apenara. Tony no quiere entrar a la oficina de su esposa en la alcaldía, pero mientras se aleja por los pasillos la llama desde su teléfono celular y le dice que ya le arreglaron en el taller el ruido que tenía su BMW y que ahora irá a hacer un poco de ejercicio al club y luego a la casa, donde la esperará para la cena de gala a la que asistirán esa noche. Después de que Charo le dice que sí a todo, Tony va hacia su auto y se aleja en él, sintiéndose poderoso.

Carreño entra como una tromba al establecimiento de antigüedades de José Manuel, y aprovechando que no hay ningún cliente, se le acerca al dueño y sin darle tiempo a nada le suelta un gancho al estómago. José Manuel se dobla mientras extiende su mano hacia delante, en urgente pedido de tregua. Quiere explicarle que ya le pagará, que necesitó el dinero para el tratamiento psiquiátrico de Blanca. Pero Carreño lo golpea en la espalda, lo tumba al piso y le lanza una patada. Antes de irse, le dice que si no le paga esa noche, lo mata. Desde el piso, José Manuel lo ve alejarse y, por encima de su dolor, se dice que no tiene dinero para pagar esa deuda, que ya casi es hombre muerto, y piensa en Blanca, tan frágil después del aborto, ¿cómo sobrevivirá ella si a él lo matan?

La alcaldesa Charo de la Vega recibe una llamada. Una voz rara, de alguien que no quiere ser identificado, dice tener pruebas de que ella permite que Tony, su esposo, la engañe con Maripili. Charo se estremece al escuchar lo que ya sabía, pero dicho por otra persona, pues está ocurriendo lo que más temía: el chantaje y la amenaza a su carrera política. La voz le dice que puede revelarlo todo y acabar así con su aspiración a reelegirse y sus ambiciones de ascender en la política nacional, pero añade que todo puede solucionarse, que su boca se mantendrá cerrada si le da una cantidad de dinero, la que a Charo le suena extrañamente moderada, para el caso. La voz la conmina, ella accede, y escucha entonces las instrucciones sobre cómo debe entregar el dinero. Cuando la otra persona cuelga, Charo se desploma sobre su asiento. Pero enseguida se recupera. Sabe que no puede dejarse llevar por sus primeros sentimientos, y que con las acciones que emprenda de ahora en adelante, estará arriesgándolo todo en el juego. Y decide calmarse y analizar, fríamente, cuál será su próximo movimiento.

Cuando Maripili llega a la redacción de su periódico, su jefe le comunica que le va a encomendar una tarea delicada. Como ella sabe, pronto serán las elecciones a la alcaldía, y la oposición está criticando a la actual titular, Charo de la Vega, por un supuesto aumento del crimen en la CIUDAD. Por lo que Maripili debe salir de inmediato, pues ya él habló con la policía para que ella acompañe al teniente Torres durante un día y escriba un artículo sobre el combate a la delincuencia. Maripili cree percibir que su jefe, quien tiene buenos amigos entre los que se oponen a Charo, quiere que ella resalte más las deficiencias que los logros de la policía durante el actual mandato de la señora De la Vega. Y al alejarse hacia su auto deportivo, sonríe, pensando que no le costará trabajo alguno escribir un reportaje que critique a la esposa de su amante.

Alex Paz, que acaba de concluir su examen, se encuentra con Ivette Puig, su novia, en el campus de la universidad. Ama a la muchacha y hoy se siente especialmente feliz, porque está seguro de que aprobó el examen. Después de varios días encerrado en su casa estudiando, ahora necesita el contacto con la naturaleza, sentirse totalmente libre. Y le propone a Ivette que vayan a ese parque cercano por el que les gusta caminar por parajes solitarios.

Tony toma un trago con unas amigas en el club después de haber jugado un activo partido de tenis cuando suena su teléfono celular. Para su sorpresa, una voz distorsionada lo amenaza con contarle a Charo sus amoríos con Maripili si no coloca, esa misma tarde, cierta cantidad de dinero en un depósito de basura de un conocido centro comercial. Pero, con todo el cuidado que tuvo, ¿cómo alguien pudo haberse enterado? No lo entiende. En todo caso, no tiene tiempo para pensar en eso. Ya la persona colgó, después de decirle la cantidad y el sitio y la hora exactos para dejarla. Y Tony comprende que tiene que decidir, ya, qué va a hacer, porque si se tarda, corre el peligro de que su esposa se entere de todo, y adiós a la buena vida.

José Manuel recibe una llamada desde su casa: es la criada, que le cuenta lo ocurrido con Blanca. El hombre aprovecha que no hay ningún cliente, cierra el negocio y coloca un letrero diciendo que fue a comer, va al estacionamiento y entra a su auto: ¿adónde fue Blanca?

Usted trabaja en su escritorio: ¿qué es lo que debe recordar?

La alcaldesa Charo de la Vega hace una llamada por teléfono y después prepara un sobre con dinero y abandona su oficina.

Al llegar al estacionamiento de la alcaldía, le dice a su chofer que ella se irá sola en su auto. Monta y conduce hacia el centro comercial, mientras se pregunta si lo que decidió hacer acerca de las exigencias del chantajista será lo correcto.

Drácula, con una navaja, se les interpone a Alex e Ivette y, como pensaba, se divierte al percibir el miedo en sus ojos. Alex le lanza su reloj y su billetera, y abraza a su novia para protegerla. Pero Drácula siente que Ivette lo excita y entonces se le ocurre que no tiene por qué dejar escapar a esa mujercita sin haberla poseído.

José Manuel continúa recorriendo la CIUDAD. Ha estado llamando a su casa, pero en cada ocasión la criada le he dicho que la señora no ha regresado. Él está desesperado, y lo peor es que el reloj avanza y no sabe si debe seguir buscando a Blanca y olvidar lo del dinero aunque corra el peligro de que Carreño lo mate esta noche.

Carreño entra a una casa, le muestra la pistola al hombre que lo esperaba en la sala, y le dice que si no le paga ahora lo baleará como a Sanders. Torres le da el dinero y Carreño percibe algo raro, pero no logra determinar qué es.

Tony acaba de tomar una decisión: sobre el escritorio de la biblioteca de su mansión, llena un sobre con papeles, lo cierra y sale de la casa. Mientras se dirige hacia su BMW, se pregunta si será capaz de usar la pistola que lleva oculta bajo la chaqueta. Bruno lo sigue. Con la mano izquierda sostiene el volante mientras que con la derecha disfruta el contacto con el punzón que manipula.

Carreño está contando el dinero ante Torres, cuando entran cuatro POLICÍAS a la sala y lo desarman: Era una trampa montada por el teniente Torres, quien le dice a Carreño que a partir de ese momento ya queda fuera del juego, pues está acusado del asesinato de Sanders. Torres ordena que se lo lleven. Maripili está ahí, tomando fotos. Torres la invita a resolver otro caso, pero su interés va más allá de la orden que le dieron de ser amable con la periodista. Es que en verdad Maripili le gusta, la encuentra apetitosa.

Charo va al centro comercial y, como le indicaron, echa el sobre con el dinero en el depósito de basura, vuelve a su coche y se va. Puig, quien, escondido en su auto, la ha visto irse, espera su turno. Titubea, tiene un último momento de remordimiento y se pregunta cómo puede haber caído tan bajo. Pero cuando recuerda las amenazas del matón de Carreño, encuentra la respuesta, cruda y sencilla: no quiere que lo torturen o lo maten. Y decide hacer su jugada.

Usted recuerda que hoy cumple un aniversario más de bodas: ¿tendrá tiempo de pasar por el centro comercial a comprarle algo a su esposa?

Es la tercera ronda y ya salió Carreño del juego. Puig hace su movida: va al depósito de basura, recoge el sobre del dinero, da tres pasos y es capturado por Torres y sus POLICÍAS, con la prueba del delito en las manos. Maripili tira fotos, sin imaginar siquiera que el delincuente al que retrata es el hombre que le prestó a Tony el apartamento donde ella se acostó con su amante esa misma mañana. Retrata a Puig esposado. Retrata a Puig mientras lo conduce el teniente Torres. Retrata al teniente Torres dando órdenes a sus hombres. Y mirando a través del objetivo de la cámara se pregunta si le resulta atractivo el teniente. Sí, definitivamente sí: Torres tiene una determinación y un aplomo del que carece Tony. Y piensa que le gustaría acostarse con Torres, y pronto.

De regreso a su oficina, Charo de la Vega se entrevista con el diputado Paz. Él quiere conocer las propuestas de la alcaldesa para su segundo periodo, con vistas a darle su apoyo público, y le pregunta qué hará diferente, de ser reelecta, para combatir toda la violencia que el crimen ejerce, cada día, sobre los habitantes honestos de la CIUDAD. Charo comienza a explicarle, pero en el fondo sabe que no importa mucho lo que le diga, que ella obtendrá el apoyo de Paz no por sus planes para el municipio, sino a cambio de que, a su vez, le asegure a él que al año siguiente apoyará la candidatura del hombre en las elecciones legislativas.

Mientras el diputado Paz conversa y negocia con la alcaldesa, en ese mismo instante su hijo Alex se dispone a arriesgar la vida por defender a Ivette en medio de la soledad del parque. Drácula alarga la navaja, señala con ella a Ivette y le dice a Alex que se la entregue y salga corriendo de allí, que a él no le pasará nada. Alex, en cambio, se interpone entre el delincuente y la muchacha, y Drácula mueve con rapidez la mano armada y le abre un tajo en un brazo. Ivette grita desesperadamente mientras Alex trata de contener la sangre que brota de la herida.

Maripili camina hacia su auto deportivo y la acompaña el teniente Torres. Están hablando de ir al restaurante de un hotel en las afueras.

Tony se estaciona en el centro comercial, mira hacia los lados, no ve nada raro y va hacia el depósito de basura. Se detiene para que pase un auto patrullero y se sorprende al ver cómo se llevan a Puig en el vehículo policial. Tony se pregunta qué pudo haber hecho su amigo para que lo arrestaran. Mientras, desde su auto en el estacionamiento, Bruno vigila los movimientos de Tony. Bruno está tan absorto en vigilar a Tony y éste tan sorprendido viendo cómo la policía se lleva a Puig, que ninguno de los dos se percata de que por una calle lateral Maripili, la esposa de Bruno y la amante de Tony, se está alejando de ese mismo centro comercial, conduciendo su auto deportivo mientras coquetea abiertamente con el teniente Torres.

El diputado Paz ya concluyó su entrevista con Charo y mientras su chofer lo conduce de regreso a su casa, repasa los puntos que negoció con la alcaldesa y es entonces que recuerda el examen que tenía su hijo Alex.

Tony lanza los dados y, luego, echa el sobre en el depósito de basura y se aleja hacia su auto. Bruno lo ve venir: ese tipo sedujo a Maripili, se aprovechó de algún momento débil de su esposa, se acostó con ella, Dios mío, se revolcó en la cama con su bella mujer, desnuda, mancilló su piel. ¿Está realmente decidido a matarlo con ese punzón que le quitó a un delincuente?

Alex sangra pero sigue intentando proteger a su novia ante los avances de Drácula. Ivette grita. Entonces, un policía corre hacia ellos. Drácula, al verlo, se vuelve hacia el agente y alarga la navaja, amenazante. Está decidido a no dejarse arrestar, no, tiene que seguir libre, necesita la droga, no podría resistir que lo encierren, y está dispuesto a todo por impedirlo.

Blanca no atiende bien al volante. No se explica aún qué se hizo del embarazo. ¿Dónde está su bebé? ¿Cuándo nació? ¿Por qué no recuerda nada? Se pasa una mano por el vientre y, de pronto, comprende que abortó, y se le nubla la visión.

El policía evade la navaja, saca su arma, dispara y Drácula cae muerto, a los 16 años: sale para siempre de LA VIDA.

Anochece. Usted se baja del ómnibus: ¿va a atravesar el estacionamiento por el lado del barranco, para llegar más rápido al centro comercial?

El teniente le sonríe a Maripili, y alarga su mano hasta juguetear con unos rizos del cabello de la joven, quien conduce su auto y se deja hacer y le sonríe también, prometedoramente. Entonces Torres le pide silencio, saca su celular y llama a Charo. Maripili se estremece cuando escucha el nombre de la esposa de su amante, pero lo disimula. Torres le comunica a la alcaldesa que, gracias a su colaboración, acaban de capturar al chantajista: es Puig, un empleado de la propia alcaldía. Del otro lado de la línea, Charo se sorprende, pero calla. Torres le asegura a Charo que nadie se enterará del asunto de la extorsión. Ella le dice que lo tendrá en cuenta, se despide de Torres y cuelga el teléfono mientras decide que esa noche arreglará sus asuntos con Tony y le pondrá límites precisos, pues una cosa es que ande por ahí con mujerzuelas como esa periodista y otra que ponga en peligro su futuro político. Cuando Torres guarda su celular y vuelve a acariciar el pelo de Maripili, la muchacha le pregunta, fingiendo simple curiosidad de periodista, por qué chantajeaban a la alcaldesa. Torres, estimulado por la confianza que está edificando con la bella joven que ya se está dejando acariciar el cuello, le confiesa que Puig chantajeaba a la alcaldesa con revelar que ella permitía que Tony, su esposo, se acostara con una amante. Maripili le pregunta cómo es que ese hombre lo sabía, y Torres le responde que Puig es el dueño del apartamento donde el maridito de la alcaldesa se encontraba con su queridita. Maripili le pregunta si Puig no dijo quién era la mujercita, y Torres le responde que quizás el hombre no lo sepa, pero que, además, ellos no van a seguir averiguando, pues, después de todo, se trata de un asunto personal de la alcaldesa, y mientras más discreción logre él, más posibilidades tendrá de que la poderosa política lo premie con un ascenso dentro de poco.

Blanca está enajenada con la revelación de que abortó, que perdió su criatura, y no percibe la luz roja en un semáforo y continúa acelerando para atravesar la avenida en el momento en que la cruza el auto donde viaja el diputado Paz.

Tony se acerca al BMW después de seguir las instrucciones del extorsionista y dejar en la basura el sobre. Sólo que no con dinero, sino con papeles. Se propone alejarse del centro comercial en su auto, pero sólo para regresar por otra calle y vigilar hasta descubrir quién lo chantajea. Pero no cuenta con que los dados están contra él. Está abriendo la puerta de su auto cuando Bruno va a su encuentro, le clava el punzón en el pecho y le saca el anillo y el reloj para simular un asalto. Pero ocurre un IMPREVISTO: alguien se acerca.

Al diputado Paz lo llevan malherido para el hospital. Blanca, ilesa, es detenida por ser culpable del accidente: ¿la encerrarán en la cárcel o en el manicomio?

Usted, al caminar entre dos autos, se tropieza con el cuerpo de Tony, se agacha a auxiliarlo y ve que está muerto. Bruno, que se alejaba, se vuelve y comienza a avanzar hacia usted: ¿qué es lo que brilla en su mano?

Alex, con el brazo vendado, sale con su novia del hospital. En la ambulancia que pasa junto a ellos llevan a su padre herido. Ivette Puig está orgullosa de su novio. La muchacha ansía contarle todo a su padre, sin imaginar siquiera que él fue detenido por la policía, por chantajista, y está fuera del juego.

José Manuel sigue conduciendo sin rumbo por la CIUDAD, en busca del auto de Blanca, cuando recibe una llamada en su celular. Es de la policía: Blanca fue detenida por provocar un accidente, pero enloqueció y han tenido que llevarla a un hospital psiquiátrico. José Manuel escucha, sintiendo que LA VIDA que edificó con tanto esfuerzo, que su sueño de inmigrante, se acabó para siempre.

Bruno avanza blandiendo un punzón. Usted, al tratar de auxiliar a la víctima, ha visto la pistola que Tony guardaba bajo la chaqueta. No quiere usarla. Pero se da cuenta de que para ese hombre que se aproxima con el punzón, usted es un testigo incómodo, y tratará de suprimirlo.

Es la última ronda y han sido eliminados Puig, Drácula, Blanca, el diputado Paz y Tony. Así es LA VIDA. Éstas son las reglas del juego: Consiste en ir al trabajo y regresar por la noche, sano y salvo, al hogar. Usted escoge el trayecto, pero los dados deciden sus avatares. Cada jugador será una ficha que se mueve por el tablero de LA CIUDAD. Las CARTAS se reparten al inicio y determinan su posición social, propiedades y posibles deudas. Si al lanzar los dados usted cae en IMPREVISTOS, debe tomar una de esas tarjetas, donde aparecen los incidentes que pueden cambiarle LA VIDA. Si le toca LA MUERTE no podrá jugar nunca más. Otro participante tomará sus propiedades. Si cae en DELINCUENTES será víctima de un crimen y en POLICÍAS tendrá un encuentro con las autoridades.

De los demás participantes sólo verá las apariencias. En una situación límite, cualquiera mentirá, chantajeará, robará, traicionará o asesinará. Las acciones criminales propias no dependen de la suerte: usted las decide.

Bruno hizo la última jugada y ahora le toca a usted. Lance los dados.

Le ha salido 5: puede tirarse por el barranco, dejarse acuchillar o tomar la pistola de Tony, dispararle a Bruno y atenerse a las consecuencias. ¿Qué decidirá?

LA VIDA es una competencia apasionante y despiadada donde nunca se sentirá seguro. El número de jugadores es ilimitado. Todos participamos. Haga usted la próxima jugada.

Descanse en paz, Agatha Christie

Nunca siquiera pensaste en los saldos de la vida propia que, según algunos, se deben hacer cada tantos años, 10 pudieran ser, o al cambiar de trabajo, casarte, tener un hijo o separarte de tu mujer... Ese último es tu caso, ¿no? O casi, porque fue ella quien recogió sus pertenencias y se largó a casa de su mamá, "donde hay espacio de sobra". Y entre "sus pertenencias" se llevó a Tania, linda muchacha de 16 años, hija de ambos, por más señas. Y en un día te quedaste sin mujer, sin hija, sin familia, sin pasado sentimental, que es decir sin vida. Elizabeth te vació los bolsillos de tus experiencias vitales en su maleta y, al llevársela, se llevó todo lo que habías vivido con ella. Lo que te dejó no te ha servido de mucho, o te ha servido de nada. Sólo Elizabeth y, luego, Tania, son tu vida. Lo anterior simple prólogo.

¿Cuál es el saldo? "Mario Morales, 40 años, investigador de homicidios, con un expediente envidiable." Hasta aquí suena feliz. "La esposa se separó de él, hace hoy... 10 días. Motivos: según Elizabeth, el superpolicía no supo ser buen esposo... o no intentó con el ahínco que ella y Tania necesitaban."

Acabas de regresar de botar la basura. Ya barriste la casa: el polvo y la suciedad de 10 días. Y antes, ¿qué hacías? Bien, quizás Elizabeth tenga algo de razón. Pero, ¿cómo rayos vas a ponerte a deshollinar o a...? No, más aún, ¿cómo hubieras podido salir un domingo a pasear con tu mujer y tu hija si tenías un asesino suelto o un caso cualquiera a punto de resolverse? Está bien, admites que un día más que otro pudiste haber hecho algo en casa. Hasta ahí. Pero cuando hubo un problema eléctrico o de carpintería, de esos que Eli no podía o no quería resolver, ¿quién lo solucionaba?

No, las mujeres no comprenden. No se trata sólo del momento en que tienes delante ti al *Muecas* o al *Loco Palmolive* o a *Tomasito el Niño* con una navaja en la mano o escondido en un solar con una pistola robada de quién sabe dónde. Es que estando en la casa, en *short*, leyendo el periódico, vienen y van esos problemas en tu mente, chocan y te perturban si no los has solucionado. Eso es lo que Eli no entiende. Aunque ella también tenga algo de razón.

¡Vaya si tiene! Estás ante el armario abierto y ya te queda sólo una camiseta limpia. Tan fácil que parecía hace... ¡once días! venir aquí, elegir una y entrar al baño. Tomas la que queda y en ese olor a ropa limpia percibes algo de ternura.

No es fácil. Nada es fácil. Bien, decides suponer que eres un hombre cambiado, que quiere compartir con su esposa, quien también trabaja en la calle, algunas de las tareas del hogar. Estás dispuesto, pero te cae un caso de los duros. ¿Qué haces? ¿Pasarle el plumero a los muebles?

Imagínate un caso como el que tienes ahora. Ese mismo: una serie de robos con el mismo *modus operandi:* ancianos o personas indefensas que quedan solos en sus casas durante el día: televisores: la misma víctima le abre al victimario: la computadora del yerno: un hombre joven y limpio con cara de persona decente: amarrado y amordazado: el equipo de sonido del nieto: lo conoció en una fila: no abras a nadie: se ofreció a arreglar algo en la casa: pasa los dos cerrojos: el hombre dijo que lo mandaba el vecino de los altos o de los bajos: dinero, joyas: Mamá, nunca abras sin preguntar: el iPod y el Wii del niño: observa antes por la mirilla: una anciana hospitalizada, tratamiento psiquiátrico: los ahorros de tantos años: estuvo cinco horas atada: ¿qué pensarán mi hijo y mi nuera cuando vean que los han saqueado?: un trapo en la boca: los tres ventiladores de la casa: cuando la hija llegó del trabajo, se lo encontró en medio de: abrí, el hombre entró y ya iba a cerrar cuando: el anillo de bodas: y yo amarrada y llorando: entró el otro, cerraron y me llevaron para arriba a: me oriné, ¡qué va a pensar mi yerno!: pero el otro, teniente, el otro tiene unos ojos que creí que: tranquilo, viejo: una navaja en la mano: salieron con todo arriba, deben tener auto para: ese tipo me enseñó el cuchillo para que me calmara, y yo: el más joven hizo como si: mi cadena de oro, con la medallita de la Caridad: me pegó la punta de la navaja al brazo y apretó un poquito: la pulsera había sido de mi madre: cuando vi la sangre: mi sangre: me quedé tranquilo: después de eso, mi padre se pasa las noches llorando y con: se puso peor: ese hombre está mal: tranquila, abuela, si te estás tranquila no: están locos: los dos: ¡Estate quieto, viejo, que te vamos a: cualquier día son capaces de: ¡Mira la navaja!: Están a punto de matar.

Estaban a punto, Mario. Ya fueron capaces.

Se les fue la mano. Un anciano que estaba fuerte se les revíró. Quizás ni quisieron, pero... Con la almohada. Asfixiado.

Y te cayó en las manos este lindo caso. Nadie recuerda bien sus rostros. Sólo que uno de ellos parecía buena persona y el otro no. Tienen auto. Son muy peligrosos.

¿Qué diría Elizabeth de este caso? ¿Cuántas horas hoy? Doce. Doce horas dando vueltas. Por la ciudad. Por la oficina. Por tu cabeza. Los delincuentes. Los ancianos. Sus familiares.

Y el superpolicía sin nada en la mano. Salvo un matrimonio que se te escurre de entre los dedos, aunque cierres el puño.

Ni el matrimonio ni el caso. Sólo un gran dolor de cabeza, dos aspirinas que arden en el estómago vacío y una camiseta con olor a limpio que te recuerda la fragancia de tu mujer al salir del baño. Casi. Porque Elizabeth tenía su perfume natural, de hembra. Tiene. Lo único que, por ahora, no es para ti. Pensando en esto no es posible resolver el caso. Y con todo el hogar sobre tus hombros... Y el teléfono. ¿Cuántas amigas de tu mujer y compañeras de clase de Tania han llamado desde que entraste, muerto de cansancio, por esa puerta?

Antes ni te enterabas, Tania se encargaba del teléfono. En cuanto sonaba el timbre...

Ese timbre que suena ahora. Ahora que tienes las manos embarradas de aceite de cocina, ¿no cerraste bien el frasco ayer?, porque ibas a freírte la mitad de un pescadito, ¡fue del carajo quitarle las escamas! Este paño debe ser para las manos. Te mal limpias los dedos. El timbre del teléfono quiere entrar en tu cabeza y hacerla explotar. Llegas junto al aparato. ¡Ya!

—Dígame.

—Te voy a contar un caso muy curioso, que me sucedió hace años.

—¿Sobre qué, papi?

—Un suicidio. Un hombre de unos 50 años, de apellido Fonseca, apareció muerto en la cocina de su casa. Fue encontrado por Gilda, su joven esposa, al regresar como cada mes de visitar a su madre en otra provincia. La habitación estaba cerrada por dentro con cerrojo.

—¿Un crimen de cuarto cerrado?

—Te dije suicidio, Tania. El cadáver fue hallado con la cabeza metida en el horno apagado. La llave del gas, por supuesto, estaba abierta.

—¿No tenía marcas de violencia?

—Ninguna. La autopsia reveló que había tomado muchas pastillas para dormir. Junto a él se encontró una nota escrita a máquina...

—¿En su...?

—Sí, en su máquina y con su firma. Allí explicaba la causa del suicidio: estaba muy mal de salud, debido a una incurable enfermedad.

—¿Lo comprobaron?

—Sí. Era cierto. Estaba grave. Y nosotros teníamos un caso claro de suicidio: atormentado por sufrimientos de salud, Fonseca tomó somníferos, se encerró en la cocina de su casa, abrió el gas y, quizás en medio del sueño, murió.

—¿Por qué me cuentas todo esto?

—Tres días después nos llegó una carta.

—¿Y qué decía esa carta?

Mientras conversas por teléfono, tu mirada examina diferentes rincones de la casa, y de cada uno de ellos salta un recuerdo para acentuar tu soledad: Elizabeth y Tania, Tania y Elizabeth: aquí y allá; los tres en la mesa de la cocina; Eli y Tania limpiando la casa; Tania y tú pintando el comedor; Elizabeth peinando a Tania; tú robándole un beso a Eli al pasar por el fregadero; Tania celosa; Eli riendo; tú exigiendo silencio para poder escuchar las noticias; Tania preguntándote algo; cómplice tuya; Elizabeth organizando el hogar; tú leyendo; Tania divertida; Eli ocupada; tú satisfecho; Tania consentida; Eli agotada; tú absorto; Tania desaliñada; Eli discutiendo; tú pensativo; Tania llorando; Eli angustiada; despreocupado; falta de cariño; desesperada; apático; desorientada; irritada; ajeno; necesitada; decepcionada; irreflexivo; confundida; decidida; Eli decidida, hablándote en tu cuarto, la maleta sobre la cama; Tania triste; tú sorprendido, escuchando una realidad insospechada; Eli, su realidad; la historia del fin de su historia; Tania; nada que hacer; tú; Eli abandonando la casa junto a Tania; tú cerrando la puerta; la soledad; la necesidad; la recapitulación; sentimiento de culpa; el intento diario por sobrevivir en esta nada; en esta casa vacía que tu mirada acaba de recorrer, reviviendo pasados, mientras hablas por teléfono.

—Voy a hacer todo lo posible —dices—. Pero tú... —tocan a la puerta. Reconoces el toque de Tania—. Tocan a la puerta —dices—... Sí, eso creo —y se te ocurre una idea que, en medio de tu preocupación, te hace sonreír—. Yo también tengo que pedirte algo... —y lo dejas en suspenso con un— luego te llamo —y cuelgas.

Tocan de nuevo. Ya no tienes dudas. Es Tania. Vas a abrir. Y tu alegría por su llegada te da la medida de lo que significa para ti esta separación. Tienes que hacer algo. Por lo pronto, le abres.

—Tres días después, nos llegó una carta.

—¿Y qué decía esa carta?

—Que un tal Rogelio, que acostumbraba a jugar dominó en el barrio con Fonseca y otros, había dicho, días antes, que él podía cerrar una puerta y, desde afuera, ponerle el cerrojo interior para que pareciera que había sido cerrada desde adentro.

—¿Es posible eso?

—No sabíamos; pero nos alarmamos. La puerta de la cocina donde se suicidó Fonseca estaba cerrada con un cerrojo. Nosotros tuvimos que romperla para entrar, cuando la esposa del muerto nos avisó.

—¿No podía ser sólo casualidad que Rogelio dijera eso días antes de la muerte del otro?

—Quizás. Pero la carta también revelaba que Rogelio era amante de Gilda, la esposa de Fonseca.

—¿Todos los casos tuyos son tan interesantes, papi?

—Algunos. Decidimos interrogar a los jugadores de dominó. El grupo de asiduos era de cinco personas, además del muerto: Rogelio, un solterón mujeriego y alardoso; Natalio el conductor de autobuses, muy hablador; Ovidio *el Flaco,* desocupado y con antecedentes por causas menores, y los gemelos: dos viejos jubilados que ni son hermanos pero se parecen.

—¿Y qué declararon?

—Ovidio, Natalio y los gemelos recordaron haber oído decir a Rogelio lo del cerrojo, un día que el propio Fonseca empezó a hablar de novelas de Agatha Christie y de crímenes de cuartos cerrados.

—¿Y qué hiciste?

—Decidimos cotejar la firma de la nota dejada por el suicida con otros escritos anteriores suyos. Y resultó evidente que no se trataba de la misma letra.

—¿Alguien lo mató?

Tu hija ha entrado. Intentas ser natural pero no hallas la forma. Tania tampoco. No logra ubicarse visitando su propia casa. Te abraza y te besa y no es como todos los días. Camina y la percibes desorientada, como si profanara el hogar y las pertenencias de otra Tania, la de ayer, que ya no es ella misma. La observas. Pero tú tampoco eres el mismo. Y es que ninguno de los dos acepta la situación.

—¿No debías estar ahora en un restaurante con tu mamá como premio a tus buenas notas? —le preguntas para iniciar algo que parezca una conversación.

Tania te mira y no responde. Intuyes qué le sucede. Está desconcertada. Y molesta. Muy molesta con Elizabeth por haberse separado de ti. Contigo por no haber sabido evitarlo. Consigo misma, porque, como todos los buenos hijos, se culpa de la culpa de los padres. Molesta con el mundo de los adultos, al que teme entrar porque suceden cosas desgarradoras, como las destrucciones de las familias.

—Estás llorosa —le dices, y ella esquiva tu mirada—. Y tienes el vestido manchado... de talco... o polvos cosméticos.

Parece no escucharte. Va a entrar en su cuarto. Y se detiene. No se mueve. Pero notas en ella el temblor de su lucha por contener el llanto. Un temblor que tiene eco en tu propio cuerpo, en un cambio de tu respiración. Esa niña de 16 años que es tu hija tiene miedo.

—Tania... —te escuchas con una voz que no reconoces.

Y Tania se vuelve a ti, con sus ojos dispuestos a desbordar el sentimiento, y se deja abrazar en busca de la protección que antes hallaba en la sencilla presencia cotidiana de sus padres.

—No vayas a llorar —le dices en un tono que dominas, y logras inventar una insegura sonrisa de hombre seguro de sí mismo.

De algún modo tus palabras evitan su derrumbe, y decides no dejarle un resquicio al desconsuelo, que ella sola es incapaz de conjurar.

—Ven, vamos a sentarnos aquí —y la guías hasta el sofá, donde te acomodas como si éste fuera el mejor de los mundos posibles y tu situación, envidiable.

Tania te observa curiosa, examina tu aplomo. Quizás se pregunta cómo lo consigues. Decides empezar antes de que descubra que tu fachada es puro oficio y que tú, por dentro, eres un simple hombre asustado por la desintegración de su familia.

—Te voy a contar un caso, muy curioso, que me sucedió hace años —dices y, mientras hablas, vas controlando tus emociones.

—¿Sobre qué, papi?

Tania se muestra suspicaz. Tal vez piensa que no es momento para hablar de tu trabajo. No le das tiempo a recelar más.

—Un suicidio —comienzas. Y ya confías en ti mismo—. Un hombre de unos 50 años, de apellido Fonseca, apareció muerto en la cocina de su casa.

—¿Alguien lo mató?

—Existía esa posibilidad. Ese alguien pudo darle somníferos a Fonseca disueltos en una bebida y, al dormirse, haberlo dejado en la cocina de forma tal que pareciera un suicidio.

—¿Y lo del cerrojo, no apunta directamente a Rogelio?

—Exacto. Lo detuvimos. Él admitió haber dicho lo del cerrojo, pero negó haber asesinado a Fonseca. También, al principio, rechazó ser el amante de Gilda, pero luego se vio precisado a confesarlo.

—Y, dime, papi, ¿dónde estaba Rogelio a la hora del crimen?

—Dijo que un amigo lo había llamado para pedirle que no saliera, que lo esperara en su casa, que iría a verlo allá. Y él se quedó y el amigo no fue.

—¿Tenía testigos de haber estado allí?

—Dijo que quizás sus vecinos podían corroborar que su televisor estaba encendido, pues él se quedó viéndolo.

—¿Y el televisor encendido probaba que él estuviera allí?

—Claro que no.

—¿Y no interrogaron al amigo que lo llamó, para precisar si era verdad?

—No pudimos. Según Rogelio, quien lo llamó para que no saliera fue el propio Fonseca. Y eso era ya imposible de comprobar.

—¿Por qué me has contado todo esto, papi? —te pregunta Tania con una sonrisa a medio camino entre la suspicacia y la curiosidad.

Te levantas del sofá. La situación está en tus manos, y no puedes desaprovechar la ocasión.

—Vamos a la cocina. Voy a hacer un café especial para ti.

Tania sonríe por primera vez desde que llegó. Ambos saben que ella no toma café, pero parece divertirle ver cómo te desenvuelves en la cocina, ese reino absolutamente femenino hasta hace unos días. O quizás le alegre observar cómo te desempeñas con un delantal, entre la estufa y el fregadero, o sea, cómo has saltado por encima de tus prejuicios, o sea, cómo te has esforzado por ser el tipo de persona que Eli quiere, o sea, un hombre de esta época, o sea, que ya es posible que Elizabeth, o sea, tu esposa, o sea, su mamá, vuelva a ti, o sea, a la casa, o sea, a unir de nuevo esta familia, o sea, esa madre, esta hija y este padre, o sea, tú, que manipulas casi con destreza la cafetera para brindarle a tu hija el acto de magia de tu transformación, y un café que no va a tomarse. Quizás ella piense eso al sonreírte.

—Llegaste disgustada y llorosa, y quise entretenerte —le dices, y Tania se encoge de hombros a modo de disculpa—. Pero, además, este caso del suicida tiene cierta relación con lo que te ha pasado hoy.

—Tú no puedes saber qué me sucedió —asegura retadora.

El agua comienza a hervir en la cafetera.

—Me lo imagino —le dices, como si te precisara más cuidado el café que los razonamientos que le mostrarás a continuación—. Venías llorosa. Tú sólo llorarías por un disgusto conmigo, con tu madre o con tu novio. Tu novio está lejos, desde hace cinco días, visitando a sus padres. Conmigo no fue. Por lo tanto, el disgusto fue con tu mamá.

Tania trata de contener su sonrisa al sentirse descubierta; pero finalmente te la concede.

—Está bien, Agatha Christie.

—¿Lo dices por el delantal?

—Lo digo por las deducciones.

—Después de todo, además de amo de casa, soy investigador de la policía.

—El superpolicía, como dice mami —y la sonrisa se le detiene. Comprendes que, por un instante, Tania había olvidado todo—. Bueno, hasta ahora ha sido fácil —dice—. Sigue.

Echas el café en un jarro y comienzas añadirle azúcar mientras hablas.

—Tienes el vestido empolvado, por lo que pienso que una polvera tuvo que ver con el disgusto —no la miras, pero sabes que se ha examinado fugazmente la ropa—. La polvera era tuya, o no te hubieras disgustado tanto —entonces, con movimientos rápidos y sencillos, te vuelves a ella, tocas el polvo de su ropa y lo analizas en tus dedos—. Sí, es el color que tú usas. ¿Se te cayó la polvera encima del vestido?

—Elemental. Súper.

Enjuagas dos tazas sin romperlas: todo un *show* dedicado a tu hija.

—Pero, ¿y el llanto? —aparentas estar muy ocupado en verter el café en las tacitas—. Yo te conozco. Si sólo hubiera sido eso, te habrías cambiado de ropa, y ya. Tu llanto no es por el polvo ni por el vestido —le entregas su taza cuando le dices—: Tú lloras por tu mamá. ¿Quizás discutieron?

Tania se ha turbado. Acepta la taza y toma café. Y sólo al casi quemarse la boca es que se da cuenta.

—Está muy bueno, Súper. Pero sigue adivinándome la vida.

—Es el oficio, mi niña.

La notas realmente interesada. Vas a lavar las tazas, pero te detienes. Decides añadir unos segundos de dramatismo para subrayar el momento en que pescas una idea. ¡Silencio! Cuando ya crees que es el tiempo adecuado para un difícil razonamiento, pones cara de preocupado, ¡la técnica de interrogatorios funciona hasta en la vida personal!, y le sueltas:

—¿Por qué no estás ahora en el restaurante con tu mamá? —y al ver su expresión contrariada, sonríes ganador—. Sí, por ahí anda la cosa.

Tania asiente con algo de pesar. Es tu ocasión de fregar las tacitas, y de atacar.

—Anteayer me dijiste que ibas a hacer todo lo posible para que tu mamá me permitiera ir con ustedes —enjuagas las tazas—. ¿Fue ésa la causa de la discusión? —las colocas en el escurridor—. ¿Fue que ella se negó a que yo fuera? —y miras a tu hija.

Tania baja la vista y se encoge de hombros antes de mirarte de nuevo.

—Sí, Súper. Fue eso.

Decides montar el *show* completo.

—Sígueme —le dices, y sin dejar de hablar, te diriges al baño, al cesto de la ropa sucia—. Sin mí, tú no querías ir al restaurante. Y como estabas brava con ella, quisiste culparla. Y en medio de la discusión dejaste caer la polvera sobre tu vestido y la acusaste de haberlo hecho ella.

—¡Papi...! ¡¿Cómo puedes saber...?!

—Soy el Súper, ¿no? —le sonríes mientras extraes una montaña de camisetas y calzoncillos. Diez camisetas. Diez calzoncillos. Diez días sin Eli. Gustoso lavarías siempre tu ropa interior si todo volviera a ser como antes.

Tania, deslumbrada por tus deducciones, te sigue hacia el lavadero.

—Y luego —le dices—, sin cambiarte de vestido, ¡porque esa mancha es la prueba del delito!, viniste a mí para que yo te diera la razón —echas la ropa en el lavadero—. Así, entre los dos, condenaríamos a tu mamá.

Tania ha abierto los ojos hasta la exageración. Y se ve hermosa. Como Eli, cuando se asombraba de que le leyeras el pensamiento.

—¡Papi! ¡Es imposible! ¡Si yo no se lo he dicho a nadie! ¡Me leíste el pensamiento!

Ser admirado es agradable. Pero ser venerado por una hija inteligente, es algo que puede hacer flotar a un hombre. Decides rematar tu actuación. Tomas el jabón y lo frotas con alegría sobre un calzoncillo, como si tu trabajo diario en la policía fuera ése. Y continúas en tu plan de fascinación.

—Desde que llegaste me di cuenta de todo. Por eso te conté ese viejo caso de suicidio —le toca el turno a una camiseta y, por primera vez en tu vida, logras estregar el tejido con el mismo efecto visual y sonoro que las mujeres se transmiten desde hace siglos y que has advertido hacer a tu abuela, a tu mamá, a Elizabeth, a tu hija, ésa que te observa con el fervor que sólo un padre perfecto o el más sagaz de los hombres puede provocar—. Es que te interesaba más culpar a tu madre que el valor de la polvera: aunque te molestó tener que haberla echado a perder.

Tania te contempla lavar, pero sabes que no te ve, que con su mirada se está recorriendo a sí misma, interiormente.

—Tienes razón, Súper —te dice sin entusiasmo.

Y es entonces que descubres que hay alguna información oculta, datos que desconoces, y que, como en todo buen interrogatorio, el informante se resiste a revelar. Alguna alarma suena en tu cerebro y, sin meditarlo, por puro reflejo profesional, reaccionas para obtenerlos, con un recurso de elemental motivación.

—No tenías justificación alguna para haber hecho eso —le dejas caer, mientras finges que te va la vida en hacer brillar la camiseta.

—Sí la tenía —sí la tenía, como temiste—. Estaba muy disgustada porque... A escondidas leí... Ya sé que no debí hacerlo, pero... —creas una expresión en tu rostro, mezcla de 10 por ciento de padre severo y 90 por ciento de padre comprensivo, para alentarla a continuar sin que sospeche tu creciente interés—. Leí una carta que mami le estaba haciendo a mi tía Matilde, y allí le contaba que Alfonso, el de su trabajo, la está enamorando.

Alfonso. Buscas rápido en tu archivo: A... Alf... Alfonso. Ya: Alfonso el gordo: algo descuidado en el vestir: alrededor de 45 años, 10 de ellos, los últimos, dedicados a cualquier cosa menos a mantener una apariencia física que le robe medio suspiro a una mujer la octava parte de selectiva que Elizabeth. No, Alfonso no es rival. Aunque cuando las mujeres se separan... No, Alfonso no. Para Eli, no.

—No, Alfonso no es hombre para tu mamá —¡qué incómodo te resultó oírte decir eso!, como si "su mamá" no fuera "tu Elizabeth", esa Elizabeth que no es ahora, justamente, tuya.

—Ella le decía a tía Mati que Alfonso no le interesaba —Tania te mira con intensidad, sin entender cómo puedes poner toda tu atención en lavar por tercera vez el mismo calzoncillo—. Y me asusté, papi. Porque deduje que si la cortejara otro que sí le gustara, mami se podría enamorar —de repente, te aparta la ropa enjabonada de las manos y te abraza, buscando refugio en la fortaleza que has perdido y que no tienes otra opción que improvisar de nuevo para ella. Y para ti. Porque tú no tienes otra puerta donde tocar: un regazo donde ampararte—. Tengo miedo —te dice, y tú también tienes miedo.

—Ay, mi niña. Eso no significa nada —le aseguras para animarla, y para animarte, olvidando técnicas de interrogatorio, argucias: pero el resultado es el mismo que la vez anterior: adviertes en su temblor que ella tiene más para contar, y que ha desmoronado sus defensas y va a soltarlo todo, ya, y temes que quizás no estés preparado para lo que vas a escuchar.

—Después de leer la carta, me puse a vigilar a mami. Y la vi —¿de dónde rayos te vas a sostener para no caerte cuando tu hija te diga en lo que vio a tu esposa?—. La vi ante el espejo probándose una blusa provocativa que a ti nunca te gustó que se pusiera.

Tus manos relajan la tensión y recuperan su color.

—¡Tania! —suspiras aliviado después de haber estado la eternidad conteniendo el aliento ante la supuesta aterradora revelación del desliz: lo irreversible—. Eso es normal. Quiere lucir bonita.

—Y yo quiero que sólo te luzca bonita a ti. Por eso le insistí en que fueras hoy con nosotras al restaurante. Y cuando se negó, discutimos —te sonríe—, y yo dejé caer la polvera para hacerla sentir culpable.

Sonríes también, orgulloso de la hija que tienes. Y la tomas de la mano y la conduces hacia la sala.

—Esto que nos sucede a los tres —le dices cuando se sientan en el sofá— es natural. Natural en una situación así —y comienzas con la psicoterapia rehabilitadora—. Ahora vas a regresar a casa de tu abuela, y hablarás con tu mamá.

—¿Y qué le digo?

—Comienza por darle un beso de mi parte.

—No pudimos. Según Rogelio, quien lo llamó para que no saliera fue el propio Fonseca. Y eso era ya imposible de comprobar.

—¿Y entonces?

—Le pedimos a Rogelio que nos mostrara cómo pasar el cerrojo interior desde afuera. Pero insistió en que él no sabía hacerlo, que ésa era una mentira que venía contando desde hacía años.

—¿Y ustedes se lo creyeron?

—No, aunque con los jugadores de dominó confirmamos que Rogelio era un alardoso que siempre aseguraba que era capaz de hacer cualquier cosa.

—¿Y ahí se les estancó el caso?

—Seguimos con la rutina. Volvimos a interrogar a los involucrados. Los gemelos dijeron que todos ellos conocían lo de la enfermedad de Fonseca. Natalio, el del autobús, aseguró que también sabían que Rogelio y Gilda eran amantes. Y que, incluso, sospechaban que el propio Fonseca lo sabía, pero no tenía el coraje de separarse de ella.

—¿Entonces Rogelio también conocía la enfermedad de Fonseca?

—Sí, así debió ser.

—¿Y por qué no se limitó a esperar a que Fonseca muriera?

—Eso nos resultó raro. Decidimos determinar quién nos envió la carta. Y descubrimos algo muy significativo: la carta fue echada al buzón antes de ser conocida la muerte de Fonseca.

—¿Y eso no es una estupidez del que la envió?

—Algo le falló al criminal. Y es que él contaba con que el cadáver sería descubierto esa misma noche, al regresar Gilda del viaje mensual que realizaba para ver a su mamá. El matasellos fue impuesto al día siguiente por la mañana. La idea de quien lo realizó era la de hacernos creer que, en cuanto se conoció la muerte, alguien escribió la carta y la echó al correo.

—¿Y cómo supieron ustedes que no fue así?

—Porque la esposa de Fonseca cambió los planes y no regresó esa noche, sino la tarde del día siguiente. Así, al revisar con más atención la carta, nos resultó obvio que fue echada al buzón antes de conocerse el crimen.

—¿Y eso no indicaba que la escribió el mismo criminal?

—Quizás.

—¿Y no exoneraba a Rogelio? ¿Cómo iba a mandar una carta que lo culpaba a él mismo?

—¿Estás muy segura de eso?

La impotencia es la madre de la tristeza, piensas. Cuando empiezas a luchar, vas dejando de ser infeliz. Y ahora estás haciendo tu mejor esfuerzo. Acabas de despedir a Tania en la puerta y vas al teléfono. La visita de tu hija te ha situado ante la incuestionable verdad de que Elizabeth es una mujer aún joven, bonita, capaz de enfrentarse a la vida y que, además, está consciente de todo eso. Tú estás consciente de que la necesitas. Ella quizás aún te quiere. Marcas un número en el teléfono. Escuchas un timbrazo y el sonido de que alguien descuelga. Estaba esperando esta llamada.

—Bueno —es la voz de Eli, algo ansiosa.

—Soy yo —le dices, y decides acomodarte en el sofá mientras hablas. Te juegas mucho en esta llamada: estás urgido de alcanzar pasos de avance con tu mujer. Para que siga siéndolo.

—¿Y Tania? —su ansiedad salta ahora a primer plano—. ¿Estuvo ahí?

—Sí. Tuviste razón: vino directo para acá —un ligero chistecillo familiar que no te vendría mal—, a ver al Súper.

Al parecer, Elizabeth capta la paz interior que logras simular, y esto, además de aliviarle sus temores respecto al altercado que sostuvo con Tania, la estimula a desestabilizarte algo, lo suficiente para que recuerdes cómo está la cosa entre ustedes:

—¿Y el Súper fue capaz de robarle tiempo a sus trascendentales asuntos para enredarse con un, digamos, problemita sin importancia entre su hija y... —¿se atreverá a decirte "su ex"?— y yo?

No, no fue capaz, y ése es un punto a tu favor. Eli todavía no asume la separación.

—El Súper —le dices—, ahora más que nunca, sabe que tiene hija —y te lanzas a fondo— y mujer.

—¿Sí? —a veces Eli sabe ser dura contigo—. ¿Ahora?

Piensas que es el momento de irte por la tangente, y finges haber equivocado el sentido de sus últimas palabras.

—Sí, ahora. Acaba de marcharse ahora mismo.

Silencio. Elizabeth debe estar dudando si creerse tu confusión o no dejártela pasar. Finalmente:

—¿Y? —te otorga la gracia de volver al tema de Tania.

—Hiciste muy bien en llamarme antes y ponerme al corriente sobre la discusión por la polvera... —vas a dejarlo caer— y mi posible presencia en el restaurante. No fue fácil —debe saber que está en deuda contigo—, pero pude calmarla. Ahora va para allá a pedirte perdón.

Su silencio te huele a turbación.

—Gracias —te concede al fin. Es otro punto. Y avanzas.

—No te respondo "de nada", pues cuando hablamos te dije que te pediría algo.

—¿Qué? —por su tono, ya está en guardia.

Tú sonríes. Hoy le hiciste algunas trampas a tu hija, al "adivinarle" sus problemas. Y piensas repetir el ardid con tu mujer.

—Bueno, quería pedirte que... —aparentas comenzar y, de repente, atacas—: Por cierto, ¿ya te están enamorando?

—Oye, Mario, no...

—No, no, ya sé que es un asunto tuyo. Aunque, por la furia con que reaccionaste, me parece que acerté. ¿Quién es? ¿Alguien de tu trabajo? ¿Sí? Sí. Déjame pensar, déjame pensar... —y te deja, quizás por comprobar si aún eres capaz de leerle el pensamiento. Y se lo vas a leer... con una ayudita de Tania, claro—: ¿No será el tipo ese del departamento de...? El gordo, el que siempre está descuidado... ¿Cómo se llama? Alfredo... No, Alfonso... ¿No me dirás que Alfonso te está enamorando?

Te la imaginas atónita primero, y algo molesta después, porque le has descubierto su intimidad. Pero percibes en su voz, tras un aparente apremio, cierta dosis de admiración por ti, cuando te pregunta:

—¿Qué es lo que quieres pedirme?

—Ah, sí, quería... —y optas por divertirte un poco más, y deslumbrarla con tu perspicacia—: Por cierto, ¿aún conservas esa blusa provocativa? Con la que yo fingía estar celoso cuando querías ponértela —silencio comprometedor—. Sí. La tienes. Tú nunca te desharías de esa blusa. ¿No la sientes como un arma para empezar sola de nuevo?

—Mario —el asombro se le escapa.

Y decides rematar con una prueba de agudeza que fascinaría a cualquier mujer. Eliges un tono juguetón, íntimo:

—Seguro que en estos días has pensado en ponértela —y el tiro de gracia—: ¿No te la has probado frente al espejo?

Su silencio es tan profundo, que temes que haya perdido la respiración. Tú no sonríes: te lo estás jugando todo: Elizabeth. Le das tiempo. Debe sentirse sobrecogida, pensando que su alma está absolutamente desnuda para ti. Es tu oportunidad:

—¿Eli? —la vas ayudando a salir de su estupor.

Y surge su voz, suave y nueva:

—O me conoces mejor que yo misma o eres más tramposo que Agatha Christie.

—¿Yo?

—Y mentiroso, además.

Un escalofrío te recorre. ¿Advirtió Eli tu engaño?

—¿Que soy qué?

—Un mentiroso. Porque los celos no los fingías. Cuando me vestía con esa blusa te ponías rabioso de verdad.

Respiras. Falsa alarma. Y su tono es de camaradería. Por un instante no eres el enemigo. Lo aprovechas.

—Siempre estás bella. Pero con esa blusa, nunca comprendí cómo los demás hombres podían pasar a nuestro lado sin tropezar o morir ahí mismo de un infarto —te ablandas. Eres tú quien te ablandas; pero alcanzas a decirle—: Ya no soy celoso.

—¿No? ¿Tanto has cambiado en tan poco tiempo?

El jueguito, aunque cargado de ironías, está a tu favor. Intuyes que en el fondo ella siente curiosidad por saber si has evolucionado.

—Sí. Y eso es lo que quería pedirte. Que me permitieras demostrártelo —no le das tiempo a prevenirse—. El domingo ponte la blusa y ve conmigo y con Tania al restaurante.

—Mario…

—Me debes un favor. Y es sólo eso: los padres congratulando a la hija que sacó buenas notas —estás nervioso—. ¿Qué me dices? —silencio molesto. No la dejas cavilar—. Eli.

—¿Me puedes leer el pensamiento?

Crees que el tono es levemente favorable, pero no vas a analizarlo ahora. Entró en tu juego, y ése es otro punto para ti. El que te faltaba para ganar. Te inventas una voz cálida, para decirle:

—Siempre he descubierto tus secretos —y antes de que te detenga, le añades, operativo—: El domingo a las 11 de la mañana paso en el carro a buscarlas.

—Está bien, Agatha Christie.

Hoy todos te dicen Agatha Christie.

—Deja descansar en paz a esa señora. Además, ya pasó de moda —y antes de arriesgar ni un milímetro de lo obtenido, concluyes—: El domingo a las 11 —y añades algo para darle un sentido prometedor a la salida—: Ve tan hermosa como siempre.

Cuelgas. Te relajas. Y estiras la mano hacia la mesita, hasta capturar un libro con un marcador en medio. Lees el nombre de la autora: Agatha Christie. Y te ríes. Te burlas de ti mismo. Abres las páginas por el marcador. Y comienzas a leer.

—¿Y no exoneraba a Rogelio? ¿Cómo iba a enviar una carta que lo culpaba a él mismo?

—¿Estás muy segura de eso?

—Bueno, papi...

—Llevamos a los grafólogos la carta junto con la nota firmada por el suicida, y ellos las cotejaron con los diferentes tipos de letras de los jugadores de dominó, gracias a la libreta de anotaciones del juego.

—¿Y...?

—Los peritos afirmaron que tanto la carta como la firma falsa fueron escritas por la misma persona: pero que, para confundir, lo hizo con su mano izquierda.

—¿Y eso también lo pueden llegar a saber los peritos?

—Sí. Y lograron determinar que uno de los jugadores de dominó había escrito ambas notas.
—¿Quién?

El libro te cae en la cara y el golpe te sobresalta. No es nada. Sólo que te dormiste leyendo. ¿Cuánto adelantaste? Media página. A ese paso, lo terminarás dentro de 17 años. Y te preguntas por qué no descansas. Te lo mereces. Luego de 12 horas de trabajo y de resolver graves problemas familiares, bien puedes tomarte una tregua.

Y después, a zambullirte de nuevo en el caso. Tienes que resolverlo antes del domingo, para que no se te vaya a complicar la salida al restaurante. Elizabeth, al menos por un tiempo, no debe ni oler una interferencia de tu trabajo con las cuestiones familiares.

Hoy avanzaste un poco. Y sonríes al recordar: empleaste todos tus recursos: hasta trampa hiciste. Por la felicidad de los tres. Ahora, de aquí al domingo, a preocuparte sólo de los delincuentes que hay que capturar.

¿Y si no les echas mano antes de ese día? ¿Y si no adelantas nada con Elizabeth en la salida? ¿Y si los delincuentes cometen otro crimen? ¿Y si ella no quiere nada más contigo? ¿Y si escapan? ¿Y si no logras unir de nuevo a tu familia? ¿Y si los tipos, al sentirse cercados, son capaces de...?

¿Pero es así como vas a descansar?

—Sí. Y lo lograron determinar. Uno de los jugadores de dominó había escrito ambas notas.
—¿Quién?
—Fonseca.
—¿Fonseca?

—Sí. Sabía que moriría pronto, por su enfermedad, y decidió vengarse de los que le hacían daño. Él sacó el tema del crimen en el cuarto cerrado, conociendo que a Rogelio le gustaba alardear sobre el asunto.

—¿Y si Rogelio no reaccionaba y quedaba en silencio?

—Quizás así sucedió alguna vez. Fonseca debió esperar a que Rogelio hablara sobre el tema. Y sólo después se lanzó a ejecutar su plan. Aguardó a que Gilda hiciera su viaje mensual a visitar a su mamá, y la noche en que ella debía regresar echó la carta al buzón y "falsificó" su propia firma en la nota del suicidio. Lo hizo todo de forma tal que las pistas que dejaba nos llevaran a descubrir su "asesinato", y nos revelaran que Rogelio era el criminal.

—¿Y fue capaz de…?

—El hombre no tuvo coraje para separarse de su mujer, que lo engañaba, y prefirió planificar y ejecutar su propia muerte para inculpar al amante de su esposa. Y estuvo a punto de lograr su rara venganza.

—¿Por qué me has contado todo esto, papi?

Te despiertas de un salto. Te habías vuelto a quedar dormido, pero esta vez no fue el libro lo que te despertó, sino el agudo y desestabilizador timbre del teléfono que, para colmo, está sonando junto a tu oído. Alargas la mano y tomas el aparato.

—¿Sí? —tu voz te suena pastosa.

—Morales —es Pedro, tu compañero de caso.

—Dime —mientras te espabilas.

—Capturamos a un receptor de mercancías robadas, y le hallamos varios artículos que parecen ser provenientes de uno de los robos que estamos investigando.

Te incorporas. Estás totalmente despierto ya.

—En 15 minutos llego a la oficina.

—O.K.

Cuelgas. Vas al baño. Te lavas la cara. Te peinas ante el espejo. Sigues hasta el cuarto y tomas una camisa limpia. Todavía te quedan dos más. Luego, al regreso, te bañarás.

Te echas en el bolsillo las llaves del carro, la cartera, tus documentos. Repasas de una última mirada la casa, tan solitaria.

Por cierto, te dices, no te quedó mal ese raro caso de suicidio que le inventaste a tu hija. Y en un momento lo concebiste todo.

Si fueras escritor...

Al pasar por la sala, miras el libro abandonado sobre el sofá.

La vida es más compleja que como la describió Agatha Christie, piensas. Pero, cuando abres la puerta, ya estás convencido de que la dama británica lo sabía.

Policía

Resulta que hoy domingo, a pesar de haber dormido sólo dos horas, me levanté temprano como siempre, a las seis, sin despertador, fui al baño, me lavé la cara y después de secarme, caí en cuenta de que el baño estaba hecho un asco. Hace unos días, cuando barrí el apartamento, también le pasé la escoba; pero parece que esa pieza de la casa necesitaba algo más que un barridito. Bueno, me dije, pues a hacerlo.

Antes yo veía que el cuarto de baño siempre estaba limpio y llegué a pensar que los construían de forma tal que la suciedad no penetrara en ellos y se preservaran brillantes. Desde niño en casa de mis padres, y luego de adulto en este apartamento cuando me casé con Elizabeth, el cuarto de baño siempre ha estado reluciente. En el fondo, siempre presentí que algo había que hacer para lograrlo; pero fuera lo que fuese, ese algo no tenía, ni jamás tendría, nada que ver conmigo.

Me equivoqué. Ya tuvo que ver. Hoy tomé plena conciencia de que alguien mantenía el baño así. Alguien que nunca fui yo. Mi madre primero, después Elizabeth, y quizás últimamente mi hija Tania fueron esas "álguienes", esas heroínas anónimas, y no me burlo de la frase hecha, o sólo un poco, que hicieron posible que yo tuviera un concepto errado o ninguna idea de cómo se conservaba la pulcritud en el baño de mi casa. Y ahora, a falta de cualquiera de ellas, el único alguien era yo.

"Mario, estás haciendo un drama de esto", me habría dicho Elizabeth. Y tendría razón. Aunque pensé que más bien era una comedia. O lo habría sido si se hubiera tratado de un hombre que por unos días se viera solo en la casa porque su mujer fue a visitar a unos familiares. Pero en mi caso, que Elizabeth me abandonó, todo parecía convertirse en un melodrama.

Finalmente desempolvé, barrí, cepillé, raspé, baldeé, trapeé, sequé, pulí y abrillanté el baño. Y al terminar, estuve a punto de jurar por mi hija que nunca volvería a usarlo, para no tener que repetir esa limpieza jamás.

Después ocurrió lo de las camisas. Hoy iría al restaurante con Tania y Elizabeth, en pleno plan de reconquista familiar, y quería estar más presentable, con una ropa que elegiría entre lo mejor que tengo. Todavía no se habían secado las gotas —metafóricas— de sangre y las —nada metafóricas— de sudor y —casi— lágrimas por la limpieza del baño, cuando me dirigí al armario y lo abrí. No pasé trabajo alguno en la elección. Había una sola camisa, ni fea ni bonita, ni vieja ni nueva: ¡Al menos una! Mi camisa amarilla. ¡Debía estar feliz! ¡No tendría que ir al restaurante en camiseta y saco!

"Mario, no te inventes un drama", me diría Elizabeth. Y tendría razón. Sí. En definitiva, sólo comprobé algo que siempre había sospechado pero que nunca quise investigar: que para que las camisas estuvieran limpias primero había que lavarlas. Y como mañana lunes tengo que ir a trabajar, y debo ir vestido, decidí encaminarme hacia el lavadero con algunas camisas sucias. ¡Ah! ¡Cómo añoro los buenos tiempos en que únicamente tenía que perseguir criminales armados por las calles!

Ahora todo es diferente. Por eso preferí reírme. Ayer no. Ayer fui en el auto y, desde lejos, observé a Eli cuando salía de su trabajo. No sé bien por qué lo hice. Tal vez necesitaba comprobar cómo se veía, cómo le iba sin mí. Y la examiné caminando hacia la parada del autobús. Iba conversando animada con dos compañeras de trabajo. Demasiado alegre. O quizás sólo fue que yo hubiera necesitado verla afligida o al menos contrariada o irritada conmigo, pero no alegre y, sobre todo, no tan independiente, tan libre, tan absolutamente lejana a mí. Me hizo sentirme prescindible, y eso es algo que uno no debería experimentar nunca.

Ése fue un mal momento. Hoy me reí de todo. Hasta de mí mismo. Lo cual, en pequeñas dosis, lo ayuda a uno a analizarse, sin sobrevaloraciones ni autocompasión. Y mientras lavaba las camisas, me sentí capaz: capaz de recuperar a Eli y, con ella, a Tania: mi familia. Y capaz de localizar y capturar a los dos asesinos que andaban haciendo de las suyas en la calle desde hacía unos días.

La sala está decorada con muy buen gusto. Pequeños adornos, quizás *souvenirs* de diferentes países. Algunos cuadros en las paredes: pinturas, grabados. Un jarrón de porcelana. Muebles de mimbre. Amplio estante de propósito múltiple: arriba, libros; en medio, televisor y DVD, minibar surtido con bebidas de todo tipo, equipo de sonido; abajo: colección de música, otros libros.

Se escucha el timbre de la puerta. Un hombre alto y delgado, piel lechosa, de unos 50 años y finos ademanes, surge del interior del apartamento y va hacia la puerta precedido de un hermoso gato blanco, de raza. Al llegar, el hombre se arrima a la mirilla por unos segundos. Después, se agacha y, como si se tratara de un bebé, carga el gato que, acostumbrado a estas caricias, se deja hacer. Sólo entonces abre la puerta.

El hombre que aparece al abrir es también alto y delgado, pero nada más hay de común entre los dos. El visitante es joven, fuerte, de piel quemada por el sol, y sus brazos exhiben pequeñas cicatrices y manchas.

—Hola, Idelfonso —saluda el dueño del gato—. Pasa.

—¿Y qué, dóctor? —pregunta el otro al entrar. Su risa es forzada y huidiza.

—Bien. Siéntate —invita el doctor y cierra la puerta. Después se sienta también y acaricia el gato, sin dejar de observar al recién llegado—. Perdóname, pero, ¿no trajiste herramientas?

Idelfonso baja la vista y arma de nuevo su rara sonrisa.

—Sí, las trae mi socito, que está cerrando el auto y ahora sube. Estos trabajos los hacemos juntos.

—Ah —el doctor apenas logra ocultar una ligera contrariedad, pero al instante se dedica a examinar la pelambre del gato que mantiene sobre sus piernas—. Yo había pensado que después... ¿A tu amigo le gusta la música culta?

El hombre joven mueve la cabeza sin alzar la mirada.

—No, no, dóctor. Él me ayuda en el trabajo y se va.

—Ah, porque te había separado un disco que quería que escucharas.

Idelfonso saca su pañuelo y se lo pasa por la frente.

—Oiga, dóctor, ¿no tiene un trago de algo por ahí?

—Sí, sí —el doctor deja el gato en el suelo y se dirige al minibar—. ¿Whisky? ¿Ginebra?

—Ron, dóctor, siempre ron. Y otro vaso para mi socio.

—Sí, sí —el hombre extrae tres vasos y una botella de ron—. ¿Quieres un hielito? —Idelfonso asiente—. Sí, espera. Ahora traigo hielo.

El doctor se aleja hacia el interior del apartamento. De inmediato el otro se pone de pie y examina la habitación: cada objeto, cada aparato. En silencio, abre gavetas, puertas de estantes, hasta que lo sorprende el sonido del timbre. Deja todo como estaba y va a la puerta. Abre. El hombre que entra es pequeño, estrábico y trae en la mano una caja de herramientas.

—¿No hay lío, *Bizco*? —le pregunta Idelfonso mientras cierra.

—*Never* —el *Bizco* deja la caja en el suelo y camina por la sala—. Este tipo tiene de todo. Debe estar forrado en lana.

Idelfonso se sienta. Su mirada se ha ido haciendo febril. Ha comenzado a sudar. *El Bizco* se inclina sobre la caja de herramientas y la abre. Saca una llave inglesa y un pedazo de toalla. Envuelve la herramienta en la toalla.

—¿Cuándo, *Príncipe*? —pregunta *el Bizco* con la llave inglesa en la mano.

Idelfonso se pasa el pañuelo por la cara y después por las manos.

—El dóctor está buscando hielo —dice—. Después de los tragos empezamos.

El Bizco guarda la llave inglesa, cierra la caja de herramientas y se sienta.

Anteayer habíamos averiguado la identidad de uno de los asesinos: Idelfonso Valle, alias *el Príncipe*. Ese día había sido capturado Macho López, un traficante que estaba revendiendo dos computadoras y otros efectos electrodomésticos y ropa. Y cuando se comprobó que algunos de los artículos provenían de los robos que Pedro y yo estábamos investigando en relación con el anciano asesinado, nos avisaron. Macho se ablandó cuando le dijimos que en el último de los atracos había habido un asesinato, y que lo íbamos a acusar de complicidad. Se puso verde, y lloró y juró que él no sabía que había un muerto de por medio. Y confesó que *el Príncipe* le había llevado la mercancía. ¿Y quién más? No, no sé. ¿No eran dos? Sí, pero al otro nunca lo vi. ¿Por qué? *El Príncipe* traía las cosas y el otro se quedaba en el auto. ¿Nunca lo viste? No, no se bajó. ¿Cómo era el auto? Uno viejo. ¿Qué marca, qué año? No sé, siempre lo vi desde aquí arriba, parecía un auto viejo, no sé qué marca. ¿Y el color? Azul, azul oscuro. ¿Tienen planes de robar en otro lugar? No sé, yo no tengo nada que ver con esos dos, soy sólo un comerciante, revendo estas boberías, nunca he roto ni una cerradura. ¿No has estado preso ya dos veces? Sí, pero... ¿No te dijeron ellos que esperaras más mercancías? No... *el Príncipe*... no me... ¿No nos vas a decir dónde tienen planeado robar ahora? Yo no sé, yo sólo... ¿Tú quieres que el anciano que ellos mataron cuando robaban el video ése que tienes ahí, vaya también a tu cuenta? No, si yo no lo sabía. ¿Y por qué no nos dices lo que sí sabes, o es que no quieres que te creamos? Sí, sí, pero... yo, lo del viejo muerto, no lo... ¿Vas a hablar?

Sí, sí iba a hablar: el robo sería el domingo, en casa de un médico, *el Príncipe* se había hecho su amigo, el médico iba a estar solo, *el Príncipe* y el otro irían a hacerle un trabajo de plomería, pero le iban a robar, el médico tenía de todo en la casa, aparatos, dinero, joyas, no sabía quién era el médico, no sabía dónde vivía, no sabía a qué hora, no sabía nada, nunca quería saber nada, él sólo era un comerciante.

A Macho López lo sacamos discretamente de la circulación e hicimos rodar el rumor de que tenía a su mamá grave en Oriente. Al *Príncipe* le pusimos algunas trampas, en diferentes casas que acostumbraba a visitar, pero no apareció por ninguna y no sabíamos dónde estaba pernoctando. Circulamos su auto. No conocíamos la identidad del otro, el chofer del auto viejo, color azul oscuro. Y esperamos.

Y esta madrugada, después de haber estado trabajando casi 24 horas seguidas fui prácticamente botado por Pedro de la oficina. ¿Hoy no era lo tuyo con tu mujer y tu hija? Sí. ¿Y qué haces aquí con esos ojos más rojos que un semáforo? Lo mismo que tú. ¿No ves que ya llegué, fresco ahora, para sustituirte?

Y bajo la promesa de Pedro de estar en comunicación permanente conmigo, vine para la casa, dormí un rato, pasó todo lo demás y ahora estoy lavando camisas y a punto de bañarme para ir al restaurante. Tenía que llamar a Elizabeth por teléfono para precisar la hora en que pasaría a buscarlas.

"Mario, sólo a ti te suceden estas cosas", diría ella si supiera. "Tener un caso así, el supercaso, el mismo día en que se puede decidir el futuro de tu familia."

Elizabeth siempre tenía razón.

El doctor aparece en la sala. Trae un recipiente de cristal con algunos cubitos de hielo. Su gato le sigue los pasos.

—Hola —saluda el doctor al *Bizco,* sobreponiéndose a la mala impresión que le ha causado la apariencia física del personaje.

El Bizco no le responde el saludo y después de mirar con desagrado al gato, sigue evaluando descaradamente las riquezas de la habitación. *El Príncipe* no hace otra cosa que mostrarle al doctor su falsa sonrisa, como fachada que oculta su creciente desasosiego. El doctor va a responderle con una sonrisa de anfitrión complacido y, por un instante, parece percibir algo de la tensa atmósfera que vibra entre ellos. Pero decide atribuirla a que sus visitantes se encuentran en un ambiente que les resulta inusual y embarazoso. Coloca un cubito de hielo en cada vaso y vierte abundante ron en ellos. Después, les entrega los vasos a los dos hombres. *El Príncipe* amplía fugazmente su sonrisa, que ya le va siendo difícil mantener. *El Bizco* agarra el vaso y se bebe todo el ron de un solo trago. El doctor se sienta y el gato salta sobre sus piernas y se deja acariciar. *El Bizco* no mira a las personas, sólo a los objetos. Idelfonso ha bajado la vista y agita la bebida para disimular el temblor de su mano. El doctor comienza a recelar ante el largo silencio.

—Y ustedes... —opta por comenzar un diálogo que ahuyente indefinibles temores, pero se sorprende de lo insegura que escucha su voz—. ¿Ustedes tienen experiencia de estos menesteres?

—¿En qué? —pregunta *el Príncipe* mientras trata de no mirar al *Bizco,* quien le hace señas desde atrás del doctor.

—Que si saben de plomería.

El Príncipe acaba con el ron de su vaso y no logra armar de nuevo su esquema de sonrisa cuando dice:

—Sí, dóctor. No se preocupe —y añade con una intensidad que provoca en su interlocutor lo contrario de lo que pretendía—. No se preocupe.

El doctor, tratando de cambiar la desagradable situación, bebe su ron y les dice a modo de sugerencia.

—El salidero está en la cocina.

Al escuchar esto, *el Bizco* se dirige a la caja de herramientas y se inclina sobre ella.

—¿Empezamos? —le pregunta al *Príncipe*.

—Sí —responde el otro, y se frota las manos para encubrir el estremecimiento que recorre su cuerpo.

Mientras el doctor coloca su vaso sobre el cristal de una mesita a su lado y se prepara para cargar su gato y levantarse, *el Bizco* abre la caja de herramientas, saca la llave inglesa envuelta en el pedazo de toalla, se coloca detrás del asiento del doctor y le descarga un golpe en el lado derecho de la cabeza. El doctor cae al suelo. *El Príncipe* va a la puerta de persianas del balcón y la cierra, y hace lo mismo con la ventana lateral. El gato se acerca al rostro de su amo. *El Bizco* aparta al animal con el pie y el gato se engrifa. *El Bizco* levanta la llave inglesa ante el felino.

—Quieto —le previene *el Príncipe*—. Déjalo. Amarra y amordaza al doctor.

Después de tender las camisas, marqué el número del teléfono de mi suegra.

—Bueno —respondió Elizabeth. Estaba esperando mi llamada.

—Sí, soy yo —le dije, para que se diera cuenta de que me había dado cuenta.

—¿Mario? —trató de arreglar el asunto, pero debió sentirse ridícula y desistió—. Sí, dime.

Suavicé. Después de todo, sólo quería ratificarle que la conocía muy bien, mucho más de lo que en los últimos tiempos estaba yo calculando que la conocía, y mostrarme amable, como el marido perfecto al que es imposible soslayar sin meditarlo bien.

—Voy a pasar a buscarlas en el auto, a las 11.

Unos segundos de silencio me advirtieron que ahora vendría la frase para la que se había estado preparando mientras esperaba mi llamada.

—Mario, vamos a salir solamente como padres de Tania.

Más allá de su tono de prevención, creí percibir algo de súplica. Pero ésa era una petición que no podía hacerle a un hombre en mi caso.

—Estás luchando contigo misma.

Ella reaccionó contra mí.

—No, si todo es muy sencillo: tú no puedes dejar de ser el superpolicía, y yo no quiero estar casada con el superpolicía. ¿Ves qué simple?

Parecía que lo había dicho con mucha facilidad. Pero, para mí, era un problema casi insoluble. Ataqué por el "casi":

—Sí puedes estar casada con un policía. Sobre todo si el policía ha tomado conciencia de que además de capturar delincuentes debe cuidar más, mucho más a su familia —sabía que, por un segundo, se estaba abandonando a la duda de si eso sería posible, y no permití que el segundo terminara—. Crees que es posible, ¿verdad?

Un sonido como de triste sonrisa me llegó por el teléfono. Y me invadió la incertidumbre de la conveniencia o no de esta conversación, ahora.

—Sí es posible, Mario —comenzó, pero supe que algo andaba mal—, pero a ti no te es posible. No creo que puedas ser ese tipo de policía.

—Si me vieras haciendo las cosas de la casa, comprenderías cómo uno puede cambiar.

—Ahora debes hacerlo para subsistir.

Intentaste un tono de autoburla cómplice:

—Y si me vieras cocinando...

—Nunca te pedí que cocinaras, ni limpiaras la casa, ni lavaras. En realidad, nunca te pedí nada concreto —ahora era yo el desconcertado, pero al instante reconocí que decía la verdad—. Era un problema de actitud —y en un tono amargo, que ponía en peligro la salida al restaurante, concluyó—: Olvídalo.

De inmediato, tuve que inventarme una risa para aligerar la situación.

—Oye, Eli, estás hablando como las mujeres fatales del cine negro.

—Te salió bien el chiste —pero ella sabía que no había chiste alguno, sólo un hombre tratando de sobrevivir. Después de todo, yo no era el único en la familia que podía leer la mente. Dieciocho años de matrimonio lo entrenan a uno para adivinar los pensamientos que el otro aún no ha tenido. Éste era el caso—. Seguro que estás ahora en medio de una investigación, y hasta la salida al restaurante puede irse al diablo, sólo si recibes una llamada. ¿Eh, Súper?

No me fue fácil recuperarme. Y Eli debe haberlo notado. ¿Cómo rayos descubrió lo del caso? ¿Sería que yo siempre tenía un caso?

—Eli, Eli —le dije en un tono de reproche burlón muy poco convincente, sólo para salir del apuro—, no trates de adivinarme la vida. De nosotros dos, soy yo el que lee los pensamientos —no le di tiempo para cuestionar el "nosotros dos", ni para rehusar la ida al restaurante—. A las 11 paso a buscarlas —y finalicé con una broma íntima—. No olvides ponerte la blusa provocativa.

Colgué. Llamé enseguida a Pedro. No había nada nuevo. Y fui a darme un baño.

El Príncipe busca. La sala está revuelta: las gavetas vaciadas en el piso, las puertas del estante abiertas; los libros, revistas y discos desparramados dondequiera. El doctor está amarrado a una silla. En la boca le han metido parte del pedazo de toalla con que envolvían la llave inglesa. Aún se halla inconsciente. El pelo, el cuello y la camisa están embarrados de sangre, que ha comenzado a secarse.

El Príncipe detiene su hasta ahora infructuosa búsqueda. Mira a su alrededor. Está molesto. Del interior de la casa, entra *el Bizco*.

—Oye, socio —dice—, no encontré ni dinero ni joyas en los cuartos —y hay algo de reproche cuando pregunta—: ¿Era buena la información?

—Sí —responde evasivo, y no tan seguro, *el Príncipe*.

En busca quizás de una caricia, el gato se frota contra las piernas de su amo y, al no encontrar respuesta, continúa hacia las del *Bizco*. El hombre no se percata hasta que el felino ya está rozando sus pantalones.

—¡Gato de mierda! —murmura airado y acompaña la expresión con una patada que sorprende al animal por sus cuartos traseros.

El estridente maullido que emite el gato antes de escabullirse alarma al *Príncipe*.

—¡Estás loco, coño! —le protesta a su cómplice mientras se acerca a la ventana lateral—. ¿Quieres que nos descubran?

—Es que el gato... —comienza a excusarse el otro, pero *el Príncipe*, con un gesto asustado de su mano, le exige silencio.

Algo está viendo a través de las persianas. A una de las ventanas del apartamento de enfrente se ha asomado una mujer rubia, con una ceñida blusa roja. Está mirando directamente para donde él se encuentra. A pesar de saber que desde esa distancia ella no puede advertir su presencia tras las persianas entornadas, *el Príncipe* se resguarda cada vez más. Y desde su atisbadero contempla cómo la rubia se vuelve hacia un hombre de camisa amarilla, cruza unas palabras con él, y se retira de la ventana. *El Príncipe,* muy preocupado, se dirige al *Bizco.*

—Busca, coño —le apremia—. En algún lugar tiene que haberlo escondido.

Antes de entrar al baño había separado la ropa que me pondría: la única camisa limpia, el pantalón marrón y mi chaqueta nueva, que también combinaba. No había terminado de secarme cuando sonó el teléfono. Corrí y mojé todo el pasillo. Ya sabía bien quién tendría que secarlo.

—Bueno.

—Soy yo —era Pedro—. Vieron al *Príncipe* hace unos minutos. Un agente lo vio por el centro de la ciudad, cuando se montaba y se iba en un viejo auto azul oscuro.

—¿Logró ver las placas?

—No. El auto dobló enseguida y no tuvo ocasión. Por la descripción que hizo, puede tratarse de un Toyota, un Honda, pero pudiera ser hasta un Ford. Hay varios patrulleros y agentes buscándolo por la zona.

Había llegado el momento.

—Quédate en el puesto de mando. Ahora me visto y salgo. Te hablaré desde el auto.

Terminé de secarme y fui al cuarto y me vestí. Me quedaba bien la ropa. Era domingo, día planificado para el robo. Elizabeth y Tania estarían terminando de vestirse. El robo en la casa de un médico. Elizabeth con la blusa que le pedí. Probablemente un médico del centro de la ciudad. Ellas dos preparadas ya para salir. ¿En cuál zona del centro? Esperando que yo pasara a recogerlas. ¿Qué médico? Elizabeth impaciente. Era imposible controlar las casas de todos los médicos que vivían por el centro. Tania angustiada por mi demora. Iba a incorporarme a la captura. Elizabeth irritada, confirmando que hizo bien en separarse de mí. En unos minutos tenía que estar en la calle buscando como un desesperado. Eso iba a costarme la desunión definitiva de mi familia.

Salí. Mientras caminaba hacia el auto, miré el reloj y decidí llamar a Elizabeth. Marqué el número. Sonó el timbre. Alguien descolgó.

—Bueno —era Tania.

Aún no sabía bien para qué había llamado. Sólo intentaba evitar un desastre mayor.

—Tania.

—Dime, papi.

Era mi cómplice. Para lo que fuera necesario. Lo percibí en su voz. Tenía que irme ya. También percibí que sabía que su mamá no me daría una nueva oportunidad: hoy o nunca. En 10 segundos estaría sacando el auto del garaje. Opté por arriesgarme y mantener lo del restaurante. Recorriendo las calles. Primero, ganar algo de tiempo.

—Tania, no las puedo ir a buscar. Se me descompuso el auto. Convence a tu mamá. Vayan ustedes por su cuenta. Nos vemos a las 12, en la puerta del restaurante.

—Sí, Súper. Yo la convenzo —lo captó todo—. Apúrate con lo del auto —y concluyó con una sencillez cargada de significados—: Mira que mami se ha puesto muy bonita.

—Nos vemos.

Entré al auto. Antes de los 10 segundos ya estaba recorriendo las calles en busca de dos asesinos y un viejo automóvil azul oscuro.

Sentado, amordazado y amarrado en una silla, en medio del absoluto caos en que han convertido la sala, el doctor comienza a recuperarse. Sólo el gato, a sus pies, le hace compañía. Pequeños ruidos le llegan desde el interior del apartamento. A medida que se percata de su extrema situación, el terror va dominándolo. Trata de zafarse, de moverse. Es imposible. Ha sido bien maniatado. Sus esfuerzos sólo logran sofocarlo y angustiarlo. Cuando descubre la sangre sobre su camisa, el pánico le llena los ojos.

Es entonces que suena el timbre del teléfono. El doctor mira al aparato con un hálito de esperanza. Un timbrazo. Se escuchan pasos que se acercan. Dos timbrazos. El doctor decide simular su inconsciencia. Se inicia el tercer timbrazo cuando *el Príncipe* y *el Bizco* entran en la sala y llegan junto al teléfono. El gato se aparta de ellos. La estridencia del timbre ha exasperado al *Príncipe*. *El Bizco*, incómodo también, se ha dado cuenta y opta por conminarlo.

—¿Por qué no nos llevamos el video y el televisor y nos largamos ya? A lo mejor te dieron el pitazo equivocado.

Cuarto timbrazo. *El Príncipe* se seca el sudor de las manos en su propio pantalón. Hace acopio del aplomo que le queda. Se vuelve a su cómplice.

—*Bizco,* este tipo tiene mucho dinero y joyas valiosas. Sólo hay que encontrarlos.

—Pero, ¿dónde, coño? —protesta en susurros *el Bizco* y, al percibir indecisión en *el Príncipe,* le sugiere, en medio del quinto timbrazo—: Vamos a echarle un cubo de agua al tipo y, cuando despierte, ¡déjamelo a mí! ¡Tú verás que lo suelta todo! —y concluye en un tono que no admite evasivas—: Pero decide algo rápido, que no podemos demorarnos más.

El Príncipe sabe que el otro está en lo cierto. Sexto timbrazo. Y toma una determinación:

—Trae el agua y échasela encima.

—Él mismo nos lo va a decir —sonríe *el Bizco* y, diciendo esto, lleva su mano izquierda a la cabeza del maniatado, lo agarra por el cabello y le alza el rostro.

Comienza el séptimo timbrazo y cesa de repente, dejando en su lugar un tenso silencio.

El doctor no ha alcanzado a reprimir las contracciones de protección de su cara, que delatan la simulación. *El Bizco* primero se sorprende y, luego, sintiéndose enfadado, jala aún más hacia atrás los cabellos del hombre.

—Mira, *Príncipe,* si el niño se estaba haciendo el desmayado.

Y con la fuerza que le dan su ira y sus temores, le cruza el semblante con una brutal bofetada.

"Súper, tú nunca tienes tiempo para nosotras dos", diría Elizabeth. Yo había hecho lo indecible para que hoy no la asistiera la razón, pero no lo estaba logrando. Hacía ya 15 minutos que había salido de la casa y conducía el auto por avenidas principales y calles secundarias, y ni rastro del auto azul oscuro. Había que capturar a esos hombres antes de que entraran a la casa del médico, pues ese robo podía concluir en un nuevo asesinato. Desde el puesto de mando, Pedro se mantenía en contacto conmigo: autos patrulleros y agentes a pie estaban entregados a la búsqueda, pero nada nuevo había sucedido.

Resultaba extraño que el auto no hubiera sido localizado aún. Quizás no estaba a la vista. Decidí ir más despacio y fijarme en los edificios, en sus garajes colectivos.

La chaqueta en el asiento delantero, a mi lado, me recordaba a cada momento la cita con Eli y Tania. Miré mi reloj una vez más. No podía dejar de ir al restaurante. Ni siquiera quería llegar tarde. Eli terminaría sospechando que de nuevo mi trabajo se interponía entre nosotros. Ése sería un tema a discutir con ella, pero prefería conversarlo después de la reconciliación. Y esta salida al restaurante podía ser el primer paso hacia esa, de por sí, remota posibilidad.

Ahora no tenía alternativa: avancé por una avenida en busca del auto azul oscuro. Había al menos una vida en peligro. Examiné uno, dos, tres garajes. Esa vida podía estar en mis manos. Abandoné la avenida y enfilé por una calle secundaria. Me mantenía atento a cualquier sonido de la planta. En esa cuadra había dos edificios. Si Pedro me comunicara que ya habían sido capturados... en el primer garaje, nada raro: el restaurante no estaba lejos y quizás...

Entonces lo vi. Primero fue sólo algo parecido a una intuición, un aviso de la experiencia, una prevención ante cualquier detalle que encajara en mi esquema mental sobre este caso. Fue sólo esto: un desconocido saliendo de un garaje colectivo con una caja de herramientas en la mano. Se dirigía a la entrada del edificio. Después tomé conciencia de que la suma de los dos elementos: la caja de herramientas (*el Príncipe* y el otro van a hacerle un trabajo de plomería) más su salida del garaje (un auto viejo, azul oscuro) había producido una chispa de alarma en mi cerebro en tensión.

El hombre entró al edificio. Yo arrimé el auto y me encaminé al garaje. Allí estaba. Era un viejo Ford azul oscuro. Regresé a mi auto y le comuniqué a Pedro dónde estaba y que iba a verificar una posibilidad. Me acomodé la pistola, cerré el auto y caminé hacia la entrada del edificio.

El gato se mantiene apartado en un rincón de la sala junto a la puerta del balcón, donde halló un espacio de suelo que, por puro milagro, ha escapado del desorden reinante. *El Bizco* le acababa de zafar una mano al doctor, y *el Príncipe* le alcanza un lápiz y le coloca sobre las piernas un libro con un papel encima.

—Escríbeme dónde están las joyas y el dinero —le exige, y el tono de su voz es una suma de urgencia, inquietud y violencia.

En el rostro del doctor brillan los senderos de sus lágrimas y un hilillo de sangre le ha corrido por la nariz. El hombre ha ensayado sin éxito todo tipo de expresiones suplicantes y ahora, con su única mano libre, se señala para la boca, tapada con el pedazo de toalla.

Con un movimiento, *el Príncipe* le agarra la muñeca y le lleva la mano hasta el papel.

—No te vamos a quitar el trapo —le asegura amenazante y lo apremia—. Escribe lo que nos vas a decir.

El doctor los mira. Primero al *Príncipe,* luego al *Bizco.* Y quizás porque está pensando en su dinero, ahorrado durante años de trabajo, o porque su autoestima le reclama al menos el intento de un gesto que lo dignifique, o por alguna razón que ni él mismo llegará nunca a descifrar, abre sus dedos y deja caer el lápiz al piso mientras se niega con un breve movimiento de cabeza.

Sin perder un segundo, *el Bizco* desaparece hacia el interior del apartamento: *el Príncipe,* encolerizado, se agacha, toma el lápiz del suelo, lo lleva a la mano del doctor y, a la fuerza, lo obliga a cerrar los dedos y apoyar el crayón sobre el papel. *El Bizco* regresa. Trae un cuchillo de cocina. Va al rincón donde está el gato. Con la mano izquierda lo captura por el lomo y lo alza hasta situarlo ante la mirada del doctor. Con la otra, blande el cuchillo y lo va acercando al cuello del animal. *El Príncipe* cambia la vista. El felino se retuerce y patalea en el vacío. En su deformado rostro, el doctor mueve los ojos como un poseso.

Entré al edificio y toqué en el primer apartamento. Abrió un hombre canoso de unos 60 años y facciones duras. ¿Sería médico? Me identifiqué y me hizo pasar. No, no había visto entrar a nadie con una caja de herramientas. ¿Médico en el edificio? ¿Médicos, médicos? No, ninguno. Enfermeros sí. En el apartamento 15. Un enfermero y una enfermera, casados. Pero, ¿médicos? No. Allí desde el año, 62 en que el doctor Argüelles, especialista de la piel, se... ¿En qué apartamento me había dicho? Quince.

Le di las gracias, me despedí de él y fui hasta el apartamento 15. Me abrió una hermosa rubia con una blusa roja ajustada y un marido custodiándola detrás. Me permitieron entrar. ¿Había entrado en su casa alguien con una caja de herramientas? No, no había. Me desconcerté: ¿me habría equivocado? ¿Y están seguros de que en el edificio no vive ningún médico? ¿Médico?, repitió la rubia con un lindo mohín. No, médico no. ¿Verdad, Papi? Le decía Papi al marido delante de un extraño. Y Papi confirmó que no. Allí vivían un militar, una economista, un tornero, un maestro, un abogado, un constructor, la directora de una empresa de no se acordaba qué, María, la de la farmacia de la esquina y varias amas de casa, algunos jubilados y dos o tres estudiantes. ¿Ningún médico entre los jubilados? No, qué va, ninguno. ¿Se me olvida alguien, Mimi? No, Mimi le aseguró a Papi que no se le olvidaba nadie.

Me iba a levantar: después de todo, autos viejos, de ese color, podría haber decenas en la ciudad, cuando ocurrió algo: la rubia caminó hacia su ventana con expresión de extrañeza en su rostro.

—¿Qué sucede? —le pregunté por puro reflejo profesional.

—El gato —desde la ventana, la rubia se volvió hacia mí—. Oí chillar al gato del vecino. Y es raro, porque ese hombre adora a su gato, ¿eh, Papi? Y las ventanas que hace rato estaban abiertas ahora están cerradas.

—¿Y qué? —insistí.

—No, nada. Pero es que ayer el doctor nos dijo que hoy no iba a salir.

—¿El doctor?

—Sí, el abogado —intervino Papi—. No iba a salir porque esperaba a un plomero.

Era allí. Macho López entendió "médico" cuando *el Príncipe* le dijo doctor.

—¿Puede llamar por teléfono al abogado? —le pedí a la rubia.

La mujer abandonó la ventana y fue al teléfono. Mientras se comunicaba me informé con el marido sobre las características del apartamento de enfrente. Como esperaba, el abogado no contestó. Ya *el Príncipe* y su cómplice estarían adentro. Le di a la rubia el número del puesto de mando y un aviso de extrema urgencia para Pedro. La mujer comenzaba a llamar cuando su esposo y yo subíamos a la azotea. Iba a tener que convertirme en acróbata de circo.

El gato pende tranquilo de la mano del *Bizco*. La punta del cuchillo parece flotar a sólo dos centímetros del níveo pelambre. *El Príncipe* se mantiene inmóvil como una piedra, una piedra que no cesa de sudar. Toda su atención está concentrada en la mano del doctor. El roce febril del lápiz sobre el papel produce un siseo inusualmente inquietante. El doctor escribe dos palabras más, abandona el lápiz, extiende el papel hacia *el Príncipe* y entonces mira suplicante al *Bizco,* al gato, a la filosa hoja del cuchillo. *El Príncipe* lee la nota.

—¡El muy cabrón! —se vuelve al *Bizco*—. Lo tiene en la cocina, detrás de un estante. Trae las herramientas.

Todo sucede con sorprendente fugacidad. *El Bizco* mira al *Príncipe*. El gato, incómodo, se contorsiona y alarga una pata en dirección al rostro del hombre. Algo como una filosa caricia recorre la mejilla desprevenida.

La mano suelta al felino, que corre y sube a las piernas de su amo. *El Príncipe* se detiene. El doctor se horroriza. *El Bizco* se lleva la mano a la mejilla, y su vista equivocada continúa hacia el gato blanco y tranquilo que lo observa impasible desde las piernas del hombre maniatado, aterrorizado y convulso.

—¡Hijo de puta! —enloquece *el Bizco*—. ¡Los voy a matar a los dos!

El Príncipe comienza a moverse hacia *el Bizco*. *El Bizco* avanza hacia el doctor. El doctor se cubre con la mano libre, se tensa y se desmaya casi encima del gato. El gato observa al hombre que se le acerca amenazante con algo brilloso en la mano. El gato arquea el lomo y muestra las uñas. El gato va a saltar.

Tal como imaginé, llegar al apartamento del abogado era una de esas tareas que un policía no podía detenerse a sopesar, porque su instinto de conservación le impediría realizarla. Subimos a la azotea del edificio y el enfermero extrajo de la caseta de la escalera una gruesa soga que era usada en las ocasiones de mudanza. Nos asomamos al pretil y el hombre me indicó cuál era el balcón del abogado: el segundo bajando desde donde nos encontrábamos. Empujamos la viga de hierro en el suelo, obligándola a asomarse aún más por la fachada. Amarré un extremo de la soga en la agarradera de hierro que sujetaba la viga a la azotea. Las operaciones que seguían debía ejecutarlas con suma rapidez para evitar el surgimiento de curiosos que pudieran llamar la atención de los delincuentes. Hice un rollo con el resto de la cuerda y me la colgué al hombro para poder tener las dos manos libres. Me aseguré la pistola a la espalda, entre el cinturón y la piel, y respiré profundo.

Entonces me senté a horcajadas sobre el muro, apoyé el pie de afuera en el hierro, crucé la otra pierna y me paré sobre la viga. Me sentí bastante seguro. Todo lo seguro que se puede sentir un ser humano parado sobre una base de menos de 10 centímetros a unos cinco pisos de la calle. Con cuidado, me agaché, me senté y me estiré hacia adelante hasta acostarme en el hierro. Tomé la punta de la soga y la introduje por la argolla en el extremo de la viga y la hice deslizar por ella hasta que se puso tensa. Estaba comenzando lo más difícil.

Me abracé a la viga de hierro, di vuelta sobre ella y quedé sostenido por manos y pies. Hice girar en el aire la pierna derecha hasta que la cuerda se enredó en ella y uní los pies para sujetarla. Liberé una mano que llevé hasta la soga, de donde me sujeté bien. Solté la otra mano, y comencé a bajar.

Descendí hasta la altura del balcón del abogado sin haberme convertido en un espectáculo callejero. Sólo una viejecita que arrastraba un carrito de hacer los mandados se había detenido a observarme, pero al descubrir al enfermero en la azotea, a quien al parecer conocía, y verme llegar sano y salvo a mi destino, quedó casi conforme.

Puse los pies en el balcón sin hacer ruido alguno y, después de sacar la pistola, me aproximé a la puerta. Miré por las persianas. Todo estaba tranquilo, si es que puede llamarse tranquilidad a un panorama de total desorden con un hombre amarrado a una silla, de espaldas a mí. Al menos nada ni nadie se movía en la sala. Introduje la mano entre dos persianas y busqué la manija, pero la puerta cedió sola. Abrí, entré y cerré de nuevo.

Entonces, vi la sangre. Y algo, que sólo el oficio y la necesidad logró contener, intentó subir de mi estómago a la garganta. Manchas rojas en las paredes, sobre los muebles, en charcos sobre el piso, sangre abundante: Me acerqué al hombre para corroborar su muerte. Me incliné ante él y comenzaba a preguntarme algo, cuando vi al gato. Allí, junto a mi pie, estaba el cuerpo del animal, rojo y blanco, pegajoso, abierto en canal y con la fetidez de la muerte. El hombre, en cambio, respiraba, y comprobé que sólo estaba golpeado y sin sentido.

Escuché pequeños ruidos en el interior del apartamento. Oprimí ligeramente la culata de la pistola y caminé hacia el pasillo. Me asomé. Un pasillo vacío, con puertas a ambos lados. Del fondo de la casa continuaban llegando apagados sonidos. Decidí abandonar la sala para avanzar por el pasillo, cuando vi que algo brillante volaba hacia mí. Sólo tuve ocasión de esquivar el golpe en la cabeza. La llave inglesa chocó contra mi brazo y la pistola rodó hasta en medio de la sala.

Un tipo delgado, alto, más alto que yo, y fuerte, venía hacia mí aprovechando el aturdimiento del golpe. Lo estaba identificando como *el Príncipe* mientras me iba irguiendo, y con el mismo impulso del estirón, extendí la pierna y mi pie lo golpeó en el mentón.

Retrocedí para dejarlo caer desmayado, y porque apenas a medio metro de mí se movía excitada la punta de un cuchillo como extensión del arma, de la mano, del brazo, de la mirada estrábica de un hombre que, me lo decía el oficio, había sido capaz de abrir en canal a un gato y no tendría escrúpulo alguno para hacer lo mismo conmigo.

Estacioné el auto cerca del restaurante, me puse con cuidado la chaqueta y me encaminé hacia la entrada.

Sucedió lo que había estado temiendo: ni Elizabeth ni Tania se encontraban allí. Más de media hora de tardanza había sido demasiado en estas especiales circunstancias. Pero... quizás no se habían ido. Abrí la puerta y entré. Después de todo, ésta había sido, en inicio, una salida de Elizabeth con Tania, que yo había convertido en invitación mía. Acerté: allí estaban, sentadas solas en una mesa con cubiertos para tres personas. Eso indicaba que al menos una de ellas aún me esperaba.

Llegué, le di un beso a cada una y me senté, con una sonrisa ajena a todo sentimiento de culpa. Tania también sonreía, cómplice y aliviada. Elizabeth iba a decirme algo que, por la expresión de su rostro, amenazaba con ser un reproche, cuando se acerco el *maître*, nos entregó con amabilidad profesional el menú y se alejó.

—"Casi" llegas a tiempo —soltó Elizabeth en un tono cuya evidente intención era recordarme que ésta no era una simple y armoniosa salida familiar.

—Pero llegaste —intervino Tania, y capté cómo se esforzaba para que la alegría ocultara su inquietud.

¿Qué habrían hablado antes de que yo llegara? ¿Cuál creerían que era la real causa de mi demora? A Elizabeth la experiencia de sus años a mi lado le proporcionaba pocas dudas sobre qué había estado haciendo antes de venir. Me sentí como en un juicio, con fiscal y abogado defensor. Se me acusaba de ser policía. El superpolicía.

Me estaba inventando una estúpida sonrisa de inocencia cuando me percaté de algo, un punto a mi favor. Me incliné, íntimo, hacia Elizabeth.

—Te pusiste la blusa que te pedí —le dije. Y como percibí que se sintió un poco descubierta y que, molesta consigo misma se preparaba para establecer nuevas distancias, añadí con toda la sinceridad de adorador que fui capaz de mostrar—: Estás irresistible.

Tania se había refugiado tras el menú para dejarme la pista libre. Elizabeth tuvo la intención de mantener la frialdad, pero quién sabe por qué, finalmente decidió regalarse a sí misma el placer de la tregua.

—Tú también estás elegante —me dijo y palpó la chaqueta nueva por encima de mi brazo.

—¡Ey! —exclamé y me puse de pie. Elizabeth y Tania me miraron extrañadas. Sonreí a modo de disculpa y me volví hacia mi mujer—. ¿Quisieras cambiar el asiento conmigo? Me duele la cabeza y aquí la luz me da en los ojos.

Tania prefirió sumergirse de nuevo en las disyuntivas del menú. Elizabeth y yo permutamos el asiento. Y ella no perdió la oportunidad que le di al exhibirme de cuerpo entero.

—La chaqueta está limpia y nueva, pero el pantalón es un asco —me señaló—. ¿No tenías otro que ponerte?

Iba a decirle algo cuando Tania apartó su menú.

—Es por la reparación del auto, Mami —intervino, como mi abogada.

La llegada del *maître* para tomar el pedido nos concedió cierta calma. El resto de la comida se desarrolló de una forma muy agradable, tal como Elizabeth y yo habíamos concebido para Tania. Ni mi mujer tocó el tema de la separación ni yo el de su regreso a casa. Fuimos, al menos para los ajenos, una venturosa familia en una salida de domingo.

Cuando las llevaba en el auto a la casa de mi suegra, Elizabeth preguntó si se me había quitado el dolor.

—Sí, sí. Por completo —le mentí, y no alcancé a descubrir si había habido segundas intenciones en la pregunta.

Al despedirnos, Elizabeth me hizo una interesante proposición que, quizás, me dejaba un resquicio en la cerrada puerta de la separación. Yo así lo quise recibir.

De nuevo en el auto, concluí que había sido una buena salida. Casi igual a las de antes, salvo que los tres estábamos tensos y que Tania exacerbaba su alegría para evidenciarle a su madre lo feliz que era por encontrarnos los tres juntos. Pero, aún así, en algunos momentos yo viví también la ilusión de que no había ocurrido desastre alguno.

Eso era lo que iba pensando mientras me dirigía al hospital.

Retrocedí aún más. La pistola estaba en medio de la sala, pero el hombre del cuchillo también la había visto. Yo me encontraba entre él y la pistola. En cuanto hice un intento de aproximarme a ella, él realizó el movimiento lógico, el mismo que yo habría hecho en su caso de haber sido un asesino: dio un paso con la punta del arma por delante, hacia el abogado. El cálculo estaba hecho por ambos: yo no tendría tiempo de alcanzar la pistola y dispararle antes de que él hundiera la filosa hoja en ese cuerpo inerme.

Extendí los brazos a mis costados y los alcé un poco para mostrarle mi docilidad. La expresión de su rostro era una mezcla insólita de risa angustiada y miedo estimulante cuando movió el cuchillo para indicarme algo. Su proposición estaba clara: yo debía ir hacia una esquina de la sala para dejarle el camino libre hacia la pistola. No le di la oportunidad de pinchar al abogado para conminarme. Caminé obediente hasta donde me señalaba y me situé en el inofensivo rincón. Quería evitar en lo posible un último acto de crueldad antes de que se separara del abogado.

Por el brillo de sus ojos torcidos comprendí que, por primera vez, el hombre vislumbraba una posibilidad de huida. Hizo saltar el cuchillo de una mano a la otra para mostrarme su destreza y comenzó a avanzar hacia la pistola.

Yo no tenía ni idea de qué sería capaz de hacer ese asesino con la pistola en la mano y ni me propuse imaginármelo. Cuando se hallaba a medio camino entre el abogado y el arma, me adelanté hacia él. El tipo extendió su mano armada hacia mí. En sus ojos vi que no alcanzaba a comprender cómo podía haber alguien tan loco como para hacerle eso. Yo tampoco tenía la respuesta. Ni siquiera me había planteado la pregunta. Lo que estaba haciendo formaba parte de esas cosas que un ser humano no podía preguntarse sin dejar de ser policía. Él también vio algo en mis ojos. Vio que yo me le pensaba interponer hacia cualquiera de los dos lugares que pretendiera dirigirse: la pistola o el hombre maniatado. Y él no tenía mucho tiempo para resolver ese problema.

Desde que comenzó su movimiento hacia el abogado, comprendí varias cosas: que ese desplazamiento era sólo un acto de distracción; que él estaba decidido a lanzarse después sobre la pistola, y que por su agilidad me sería imposible detenerlo sin salir herido. Traté de que la soberbia que me producía esa idea no me entorpeciera. Y ataqué.

Primero, simulé creerme su amago y di un paso hacia el abogado. Después, justo en el instante en que el hombre iniciaba su repliegue calculando mal que mi cuerpo seguiría desplazándose hacia el maniatado, di mi segundo paso hacia adelante, hacia él, y logré sorprenderlo en mitad de su regreso rumbo a la pistola, y extendiendo explosivamente mi brazo con el puño cerrado, le acerté en el pecho, lo saqué de balance y lo tumbé hacia atrás, sin poder evitar que, en su caída, casi por reflejo, agitara su mano armada y alcanzara a deslizar la hoja del cuchillo sobre mi brazo en retirada.

El ruido de la puerta a mis espaldas me hizo volverme mientras mi pie continuaba adelante, hacia la entrepierna del asesino. Cuando comprendí que no era *el Príncipe,* sino un agente uniformado que, con su pistola en la mano, entraba por el balcón, ya mi contrincante había soltado el cuchillo y se retorcía en el piso. Lo esposé, recogí el cuchillo y me guardé la pistola.

—En el pasillo está *el Príncipe* —le dije al policía.

Otro agente apareció en el balcón, y al ver la escena guardó su arma y se dirigió a la puerta de entrada del apartamento y la abrió. Comencé a desatar al abogado después de haberle retirado la mordaza mientras la casa se llenaba de policías. Afuera, vi al enfermero y, señalándole hacia el abogado, le indiqué que entrara.

—Ayúdelo —le dije—. Está herido.

—Usted también —me dijo el hombre al entrar, y fue entonces que descubrí la sangre en mi camisa rasgada.

Esa sangre estaba prevista. Lo que no estaba previsto era que todo esto ocurriera el mismo día en que debía iniciar la reconquista de mi esposa. Miré el reloj. Hacía 15 minutos que debía haber estado en la puerta del restaurante.

—¿Puedo pasar?

Desde la puerta, la rubia enfermera, con un botiquín de primeros auxilios, miraba hacia mi brazo. Asentí y entró.

—Aquí hay que dar puntos —me anunció al ver la herida—. Tiene que ir de inmediato al hospital.

—Ni hablar —repliqué—. Ponga una venda, no sé... cualquier cosa que me dé dos horas de tregua —y al ver la mirada de desesperación de la mujer, añadí—: Le aseguro que después iré a curarme.

Pedro entró en ese momento y de inmediato tuvo una composición del lugar.

—Complázcalo, señorita —dijo—. Es un asunto de vida o muerte.

La rubia dudó e iba a argumentar, pero al parecer adivinó en mí la determinación de irme al instante, aunque fuera sin venda. Se encogió de hombros.

—Quítese la camisa —me pidió en tono profesional.

Era la primera vez en mi vida que me iba a desnudar a petición de una hermosa rubia, ante su marido, para recuperar a mi mujer.

Abrí la puerta de mi apartamento y entré rápido, con tareas precisas a realizar. Pretendía no dejar margen alguno al sentimentalismo, a la sensación de que esa soledad que me recibía podía ser algo más que un malestar pasajero. Encendí las luces y puse la radio. Quería escuchar voces en la casa. Fui al cuarto. Sin prisa, me quité la chaqueta tratando de no presionar sobre la venda. En el hospital me habían dado unos cuantos puntos de sutura y un regaño por no haber acudido enseguida. La herida me dolía un poco. En el restaurante me vi precisado a cambiar de asiento con Elizabeth, aun con peligro de que descubriera lo de la herida y, por tanto, corroborara que ni el día de mi primer intento de reconquista había podido dejar de meterme en líos con delincuentes. Pero ella me había tocado el brazo y no podía arriesgarme a que lo volviera a hacer, porque entonces sí que se descubriría todo.

La camisa había quedado hecha un desastre. Me la quité, la envolví en papel periódico y la tiré a la basura. Fui al baño y, ante el temor de mojarme la venda y la herida si me metía bajo la ducha, opté por lavarme con una toallita enjabonada. Bastante ajetreo había tenido ya esa herida el día de hoy. Al salir del hospital, había ido a la oficina a ayudar a Pedro con los interrogatorios. Como esperábamos, tanto *el Príncipe* como *el Bizco* lo confesaron todo y se culparon mutuamente. Hasta salieron a relucir robos que no estaban reportados y quedó claro que *el Bizco* había asfixiado al anciano y que *el Príncipe* no había hecho nada por evitarlo. Los dos estaban metidos en problemas.

De cierta forma, yo también estaba en problemas. ¿Quién era, después de este domingo? Un hombre enamorado de su mujer y, también, de su familia. Un hombre al cual la inseguridad sobre el futuro de su matrimonio afectaba mucho más de lo que nunca pensó. Y era, a la vez, un investigador policial que no podía dejar de serlo, porque era lo único que sabía hacer bien. Y todo ser humano debía sentir que, al menos en algo, lograba vencer en la vida. Si no, era un derrotado y un cobarde.

Me había prometido no pensar en nada y no lo estaba cumpliendo. Seguí con mis tareas. Fui a la cocina y puse a calentar aceite en la sartén. ¿Para freír huevos había que echarlos desde el principio o debía esperar a que el aceite estuviera bien caliente? ¿Cómo lo hacía Elizabeth? No me acordaba. Ella no me dio indicio alguno sobre nuestro problema en el restaurante. Todo el tiempo se comportó en plan de madre divorciada que complace a su hija. Sólo al final, cuando nos despedíamos en casa de mi suegra, me propuso que la fuera a buscar a su trabajo la próxima semana para "conversar sobre Tania". No sabía cómo tomar eso, si como un paso de avance o como el inicio del fin, donde se van a acordar las reglas de las relaciones de los padres separados con la hija. Estaba muy preocupado. Y me había prometido no pensar.

El aceite echaba humo. Abrí dos huevos y los dejé caer a la vez en la sartén. Algunas de las gotas de aceite que saltaron cayeron en mi mano. Me contuve para no maldecir en voz alta, bajé un poco la llama y fui al baño a untarme alguna crema en la quemadura.

Ya había aprendido que los huevos no se debían echar con el aceite hirviendo. En problemas sentimentales, la vida no te daba casi nunca la oportunidad de aprender para luego actuar mejor, ya que el error podría haber resultado irreparable: quizás nunca habría una segunda oportunidad.

Estaba reprochándome de nuevo el haberme abandonado a las cavilaciones, cuando sonó el teléfono y fui a contestar. ¿Sería otro caso? No, era Tania para darme las buenas noches. Y para agradecerme que me hubiera esforzado por estar junto a ellas.

—Porque tú tenías un caso, ¿no?

Pobre del marido que le tocara a mi hija, pensé. En general, a la gente no le gustaba sentirse descubierta. Tania había heredado de mí la posibilidad de leer los pensamientos.

—Sí —le dije—. Lo tenía.

—¿Y te pasó algo en el brazo?

Esa pregunta me alarmó. ¿Se habría percatado también Elizabeth de que tenía problemas en el brazo? Estas dos mujeres habían vivido demasiado tiempo con un investigador de la policía.

—Sí —se lo confirmé—. Pero es algo muy leve. Casi nada. No te preocupes.

—Lo que sí me preocupa es que vayas con un pantalón más limpio a la próxima cita con mami, ¿sí?

Se lo estaba prometiendo cuando sentí el olor a comida quemada. Le expliqué a Tania, colgué y corrí hasta la cocina. Los huevos se habían carbonizado. Saqué paciencia de no supe dónde. Los tiré a la basura y busqué otros dos. Los había echado en la sartén y estaba vigilándolos, cuando la vecina regañona me ordenó a gritos que recogiera la ropa que había lavado, pues estaba empezando a llover. Me paralicé. ¿Cómo podría Elizabeth hacer tantas cosas a la vez, después de llegar del trabajo y sin ayuda mía? ¿Cómo pudo también, durante tantos años, ocuparse de cada una de las inquietudes y necesidades de Tania cuando yo, ajeno a todo, me sumergía, a veces hasta semanas, en un caso difícil? ¿Cómo era después capaz de reconfortarme ante las vicisitudes de mi trabajo, que yo le traía al hogar en forma de mal humor y ensimismamiento? De haber sido ella, pensé, yo también me habría separado de mí. Pero yo también me daría una segunda oportunidad. ¿O no? ¿O sí?

Por lo pronto, apagué la estufa y fui a recoger la ropa, porque estaba lloviendo.

Ella murió

Miraba al techo, manchado por los tenues sonidos de la noche, pero en realidad miraba dentro de mí. Hoy tomé conciencia de que aquello quedó atrás y sin posibilidad de volver. Porque ella murió.

Es curioso. El hombre no entiende su pasado hasta que lo supera. A veces todavía somos niños para comprenderlo. Tenemos que crecer, que aprender las calles de la ciudad que amamos, y a sumar y restar vidas sin que nos falte la respiración. Hay que averiguar dónde encaja en el rompecabezas esa pieza que somos nosotros. Un día, al mirar hacia el recuerdo, nos sentimos como el adolescente que abre la puerta de la casa con su propia llave por primera vez y lo percibe todo distinto, transformado, con la limpieza y el cambio de los paisajes después de la lluvia. Los recuerdos también tienen su llave y su niñez. Yo llevaba más de un mes en el taller cuando la conocí.

Allí, donde se fabricaban alrededor de 30 mil camisas caras, de marcas exclusivas, trabajaban muchas mujeres, pero muy pocos hombres: Yiyo, el mecánico; Pedro, el jefe de almacén, y *Cajitas*, su ayudante; Nelson, el administrador, y los dos engrasadores. A los pocos días ya había hecho amistad con *la Abuela* —excelente compañera—, y con Yiyo y *Cajitas*. También, por supuesto, me era agradable conversar con aquella otra muchacha: Belkis.

Una mañana le cambiaba la cuchilla a su máquina de hacer ojales, y Belkis, de pie e inclinada hacia adelante, mirándome trabajar, no parecía percatarse de que se le abría la blusa y dejaba ver la palpitación de su sostén. Terminé el arreglo lo mejor que pude y cuando recogía las herramientas, me sonrió con coquetería y me dio las

—Gracias, Tony. No sabía que eras tan bueno.

—Si quieres me convierto en tu mecánico particular.

—Yo, encantada... —comenzó a peinarse sin apartar de mí su sonrisa—, pero no creo que a Yiyo le guste mucho.

Tenía razón. Belkis era una de esas mujeres de cuerpo espléndido que están acostumbradas a que el tráfico se detenga ante ellas, y al otro mecánico lo tenía como loco. Quizás por ese motivo, poco después, Yiyo me advirtió que aquella muchacha

—Rosa, aquella... ¿No te has fijado cómo te mira?

Me di cuenta de que no era cierto; pero, al enterarme del trabajo que realizaba, empecé a interesarme en ella: Rosa no se preocupaba, como Belkis, de llamar la atención. Incluso parecía desconocer que era atractiva. En una oportunidad, logré situarme tras ella en la cola del comedor y, al tocarnos la misma mesa, recogí los vasos y regresé con agua para los dos. Cuando estábamos sentados, Rosa tomó una flor del búcaro del centro, y yo, a modo de broma mirando a los demás, anuncié que

—Aquí hay una ladrona.

La reacción de la muchacha fue instantánea.

—Óigame, estas flores las traje yo misma. Yo adorné el comedor.

Algunas de las mujeres en la mesa se miraron y sonrieron.

Al día siguiente coloqué una flor en su puesto de trabajo. Más tarde, al ir por el lugar, escuché a Nancy y a Lola bromeando con

—Rosa, parece que al mecánico nuevo le gustaron tus flores.

Al verme callaron y Rosa las recriminó con la mirada. A partir de ese momento comencé a ir por Envase a conversar con ella.

El departamento quedaba más allá de las máquinas, después de Revisión y Plancha. Hortensia, Gladys y Nancy planchaban. Al lado, Rosa armaba las cajas que luego amontonaba junto a la mesa de envase, donde trabajaba solamente Lola. La gente se fue acostumbrando a verme por esa zona a pesar de que un mecánico no tenía por qué ir por ahí. Me movía con entera libertad por el taller. Además, ella me iba siendo cada vez más agradable. Ya la había invitado a salir, pero no me respondía ni sí ni no. Un jueves, a acercarme a Envase, oí a Lola diciendo que

—Tuve un novio para casarme, pero él no ganaba tanto como para mantenerme. Y antes de trabajar en una fábrica y luego lavar calzoncillos en la casa, preferí trabajar en la calle nada más. Y aquí me ves —dio una vuelta de exhibición—: 35 años, y libre. ¡Libre!

—Pues mira, yo me siento de lo más bien en el matrimonio —era María, la del sindicato—. Tengo dos hijos, mi esposo me ayuda y... —añadió en tono de confidencia—: el matrimonio es lo más rico que hay.

Cuando María se dio cuenta de que yo había aparecido detrás de ella y la había escuchado, disimuló con un gesto de despedida y

—Bueno, nos vemos esta noche —y se alejó.

—¿Qué? —le pregunté a Rosa—. ¿Hay boda en el ambiente?

—Esta noche se casa Silvia, la de la oficina.

Estábamos conversando cuando pasó Pedro, el jefe de almacén y, apenas sin mirarme, dijo que

—Hay que trabajar más y hablar menos.

Nancy soltó la plancha y

—¡Eh! ¿Qué bicho le picó a éste?

Lola señaló para nosotros.

—Parece que está envidioso.

Rosa me miró y, casi con rabia, dijo

—Tony, ¿me llevas esta noche a la boda de Silvia?

Al poco rato, *Cajitas* me llamó. Pasamos entre las cajas apiladas que esperaban la llegada del camión y fuimos al área de fumar del fondo.

—Oiga, socio, de a hombre le digo que Pedro estuvo con Rosa —*Cajitas* se agachó y sacó de una bota la cajetilla. Tomó dos cigarros aplastados y me dio uno—. Parece que ella tenía problemas y estaba triste y eso. Y como Pedro tiene un carrito, la llevaba a su casa y, bueno, la enamoró. Pero duró poco. En cuanto ella se sintió mejor, se peleó. No le importó lo que Pedro tuviera. Y aquí todo el mundo sabe que Rosa no está bien económicamente —disfrutó el cigarro y la oportunidad de contar la historia—. Yo me alegré, porque este Pedro es un poco empachado con el trabajo.

Esa noche fuimos a la boda. Ella llevaba un suéter ligero, azul, y una saya de tela tan suave que le dibujaba los muslos. Sorprendí más de una vez a Pedro mirándola. Yiyo, al igual que en el taller, sólo tenía ojos para Belkis, pero la muchacha apenas lo atendía y bailaba con todos. Estaba radiante con su pelo negro suelto y sus gestos de joven segura de su belleza. Rosa y yo nos unimos en el patio a María y el esposo, que contaban chistes en medio de un grupo de amigos.

Ya era tarde cuando comenzó a llover. Belkis no tuvo que esforzarse para convencer a Pedro de que la llevara en el auto. Se despedían en la puerta de la casa cuando la muchacha se volvió hacia nosotros y

—Bueno, me voy con Pedro. A los que no les guste el auto, que se mojen.

Con una sonrisa mal disimulada, Pedro se hizo cómplice y ambos corrieron afuera. Rosa me miró, abrió su sombrilla, me tomó de la mano, salimos bajo el agua y atravesamos la calle ante el auto, que estaba a punto de partir. La lluvia era un desenfreno de gotas duras y frías. Tuvimos que refugiarnos en la esquina, bajo un alero, y allí estábamos, mojándonos juntos, cuando el auto pasó. Pedro tocó el claxon, y Belkis nos saludó.

Nos recogimos hacia el vano de una puerta para guarecernos aún más. Y así comenzó todo. La proximidad de un hombre y una mujer siempre es inquietante. Estábamos tan cerca que sentía el calor de su cuerpo por encima de la ropa mojada. Me volví hacia ella para protegerla del agua y se arrinconó contra mí. Presentí que se iba a dejar besar. Le miré a los labios y los entreabrió. Fue un beso largo y revelador: el indicio de que nos esperaba una deliciosa noche.

—Ven —le dije—, vamos a casa de mi hermano. Estamos empapados.

Salimos de nuestro precario refugio. El viento quería llevarse la sombrilla y nos tiraba el agua a la cara, pero todo importaba menos ahora. Íbamos alegres y excitados: nos mirábamos y reíamos sin motivo alguno y, cuando debíamos detenernos para cruzar una calle o saltar un charco, nos besábamos, aprovechando que la lluvia nos regalaba la ciudad.

Llegamos. Encendí la luz. Ella miró los muebles de la sala, la puerta del cuarto, parte de la cama, y se volvió hacia mí con aire de desconcierto, para preguntarme si

—¿No hay nadie?

—No. Roberto está de viaje.

—Yo creía que...

—Estamos solos.

—Ah.

No quise dejarla pensar. Caminé hacia el cuarto sin soltarle la mano y

—Vamos a buscar una toalla.

Cuando la encontramos, le pedí que se sentara en el borde de la cama y fui hasta la cocina. Regresé con un poco de ron y bebimos del mismo vaso. Estábamos empapados. Le besé las gotas de agua que brillaban en su rostro y ella cerró los ojos y brindó los labios, que no toqué. Contemplé su ropa mojada, ceñida al cuerpo. Fui a apagar la luz y regresé a su lado. En silencio, le quité suavemente el suéter. Comencé a secarla. No había palabras. Era la magia de la soledad entre dos. Casi sentí cariño por esa mujer adolescente niña que se daba a mis cuidados, en sabia espera del placer.

Solté la toalla y acaricié a oscuras la desnudez de sus pechos. Ella se estremeció y se dejó caer hacia atrás sobre la cama: No la veía, pero la idea de que estaba ahí, callada, aguardándome, me subió por la respiración y me produjo vértigo. Alargué la mano y toqué sus muslos por encima de la saya mojada. Ella los movió y dijo

—Ven.

Se entregó sin inhibiciones. Hicimos el amor con cierta torpeza, como urgidos de conocernos.

Cuando encendí la luz, recostó su cabeza sobre mi pecho y

—¿Te gustó?

No pude responder de inmediato. Algo raro me sucedía: estaba viéndola desnuda junto a mí mientras disfrutaba el olor a hembra limpia de sus cabellos, y no lograba tomar conciencia de que acababa de poseerla.

—¿Te gustó?

—Sí, mucho —dije.

—A mí también.

Ya de madrugada, la llevé hasta la puerta de su casa. Al momento de despedirnos, cuando esperaba que dijera algo sobre lo que acababa de suceder entre nosotros, sonrió un

—Hasta mañana —y entró.

Regresé a casa acompañado por la duda de que hubiera sido realmente mía.

A la mañana siguiente se prohibió entrar con bolsas al taller. Había que dejarlas en un estante junto a la entrada. En cuanto tuve oportunidad, fui hasta el departamento de Envase. Era viernes. Las cajas que Rosa había armado sobrepasaban la mesa de envasar. Lola, que apenas se veía, se asomó por encima de las hileras y

—Mi niña, ¿por qué no te vas a hablar con este muchacho y descansas un poquito? Mira cómo me tienes.

—¿Quieres que te ayude?

No, mamita, de verdad que no. Tómate un diez.

Caminábamos hacia el área de fumar cuando le pregunté a Rosa, en tono de broma, que si

—¿Te sientes tan bien hoy que te ha dado por trabajar más de la cuenta?

—Siempre trabajo igual. Es Lola la que unos días va más rápido que otros.

Encendí un cigarro. Ella se comportó conmigo más amistosa que antes. Pero, salvo eso, no hubo por su parte ningún otro indicio de que algo hubiera cambiado entre nosotros por haber pasado juntos la noche. La invité a salir de nuevo y simplemente aceptó. Regresábamos a Envase, cuando María, la del sindicato, se nos acercó para avisarme que

—*La Abuela*, tiene problemas con su máquina, Antonio.

Y me pareció notarla preocupada, quizás porque yo estaba en una zona que no me correspondía. Fui hasta las máquinas y, en medio del ruido de las otras costureras, *la Abuela* me esperaba para que le

—Corta un poco la correa, mi hijo, que la máquina no corre.

Mientras le hacía el trabajo, *la Abuela* fue a tomar agua. A su regreso, se sentó y en voz baja me comunicó que

—Nelson se trae un para allá y para acá... Parece que hay algo.

—¿Qué cosa es "algo", *Abue*?

—¿Qué va a ser, mi hijo? Un robo. Oye, tú estás embobecido. Te pasas el día por Envase, dándole vueltas a Rosita. Yo no creo que te estés entreteniendo y engañando a la muchacha, ¿eh?

Alcé la vista y la miré callado. *La Abuela* sonrió antes de decir que

—No, esos ojos no pueden ocultar nada.

Pero se equivocaba. Mis ojos sí ocultaban. Y mucho.

Por la noche fuimos a una discoteca. Rosa me habló de su familia: su madre, un poco regañona; su hermano Carlos, quien no lograba mantenerse estable en un trabajo; Diana, la hermana mayor, que encontró un hombre que la trató con consideración y cariño y por eso

—Sé casó con él y tienen dos hijos.

—¿Y ella está enamorada del esposo?

—No, pero eso no hace falta para que le vaya bien en el matrimonio. Mis padres se casaron muy enamorados y después se separaron y él nos dejó.

Rosa me quiso demostrar que su familia la estimaba mucho. Yo, no sé bien por qué, pasé mi mano por sus mejillas. Quizás sentí que necesitaba una caricia. Eso me ocurría a menudo, al conversar con ella. Sin embargo, en la cama era distinta. Esa noche, al hacer el amor, fue una virtuosa inconsciente de su poder.

A partir de ese día salimos con frecuencia. Ella entregaba sólo lo que mi avidez era capaz de descubrir. Yo iba aprendiéndome su piel, palmo a palmo, con nuevas caricias que le adivinaba a su ternura. Examinaba su desnudez hasta el atrevimiento. Buscaba, en las tibiezas y humedades de su cuerpo, sus secretos de hembra.

Ella se defendía con deleitosa torpeza: un ondulante movimiento de caderas, un escapar de muslos, un gemido de fiera vencida, y me sumía en penosa desventaja de hombre deslumbrado.

Quizás para otros no fuera una mujer absolutamente hermosa. Pero era indudable que colmaba mi gusto hasta el asombro. A veces yo vacilaba entre admirarla o tocarla, entre confesarle mi estupor ante su belleza u ocultar con caricias mi desconcierto. Cada mujer desnuda es una interrogante. Ella era un resumen de misterios. Sólo cuando comprendía que no era capaz de descifrarla totalmente, la penetraba, sintiéndome vencedor y vencido cada vez.

Por esos días, en el taller había cierto ambiente de tensión, como si un robo estuviera presente en cada gesto, en cada mirada. Podría ser que hurtaran piezas las costureras, para armarlas luego afuera. O alguna planchadora, que tomara la camisa entera. ¿Gladys, Hortensia? ¿Nancy, la amiga de Rosa? En todo caso, ¿cómo sacaban las camisas del taller?

Los recelos aumentaron cuando Nelson, el administrador, prohibió pasar termos, sombrillas y otros objetos que permitieran esconder piezas de tela.

En una ocasión, Rosa me pidió que fuera a buscarla

—¿A tu casa?

—Sí. Ve.

Y esa noche fui. Entré al portal. Estaba a punto de tocar la puerta entornada, cuando escuché la voz de una mujer que casi gritaba

—Mira esto, Diana, cómo puso tu hermano el pantalón que le acabé de lavar. Es como su padre, que creía que todo se lo merecía. Todos los hombres son iguales. Por eso no creo en ninguno.

Me detuve, convencido de que no era el mejor momento para entrar, y esperé. A la vista de algunos vecinos interesados en saber quién era yo, estudié el número de la casa y "comprobé" varias veces que no estaba equivocado. Iba a aprovechar un instante de calma y ya llevaba mi mano a la aldaba cuando

—¡No! Y ahí tienes a tu hermanita. Viene de trabajar en la calle y sale a pasear a la calle. De la casa, nada. No le importa si aquí adentro el mundo se está cayendo. Da su dinero y ya.

A través de la abertura de la puerta pude ver a Rosa asomarse desde el cuarto.

—Pero, mamá, cállate la boca —dijo—. Mira que está al venir... —y al señalar hacia fuera, me vio.

—Hola, Tony.

—Hola.

—Entra.

Más tarde, en casa de Roberto, estábamos los dos vestidos sobre la cama. Hacía unos minutos que habíamos llegado y el silencio amenazaba con hacerse interminable cuando ella, mirando al techo, me pidió que la

—Discúlpame.

—¿Eh?

—Por lo de mi madre. Ésa es su forma de ser. Tuvo que criarnos como pudo y luchar ella sola con nosotros cuando nos abandonó mi padre. Es peleona, pero no es mala. Aunque a veces nos decía...

"Ustedes son insoportables, malcriados. Por eso su padre nos dejó, porque le hacían la vida imposible."

"Por culpa de ustedes no se me acerca ningún hombre. ¿Quién va a querer cargar con esta tribu?"

...cosas que no vale la pena ni recordar.

Rosa hundió el rostro en la almohada y

—A veces dudo si es verdad lo que ella dice de que nadie ayuda a nadie si no es por interés.

—¿Tú crees? —le acaricié el brazo—. ¿Nadie?

No contestó. Pareció quedar en suspenso. Y de pronto, se oprimió contra mí y me pidió que la

—Abrázame.

Comprendí que estaba buscando algo más que la cercanía física. La abracé y le besé lo párpados, los labios. Separé el rostro para contemplarla y mis ojos descubrieron su mirada de asombro mientras escuchaba con sorpresa mi propia voz que le decía

—Te quiero.

Ella quedó en silencio, inexpresiva, como si no quisiera o no fuera capaz de reflexionar. Pero aun así algo se transformó entre nosotros. Con esas dos palabras se perdió la sencillez del aire que respirábamos y nos sentimos culpables hasta del olor de las caricias.

Durante los días siguientes pensé mucho en lo que había dicho y en ella. Pero, sobre todo, cada vez me preocupaba más el posible descubrimiento del hurto. Por una parte, Yiyo me aseguró que no se imaginaba cómo el ladrón sacaría lo robado. Y eso me obligó a recelar de él. ¿Ignoraría de verdad los métodos o estaba fingiendo? ¿No conocería "el caballo", "la momia"...? Por otra, seguía notando a Pedro molesto por mis relaciones con Rosa.

Luego, todos supieron que en esos momentos se sospechaba de Pedro. Nelson temía que estuviera en combinación con el camionero y le diera más cajas de las que estaban en las facturas. Diez cajas de más hacían 60 camisas en cada viaje y el camión venía dos veces por semana: los martes y los viernes, a recoger las camisas envasadas. El camionero recibía una copia de la factura y Nelson se quedaba con la otra. Aunque, en teoría, Pedro, como jefe de almacén, debía reportar las existencias en el taller, quincenal o mensualmente, quizás por negligencia del propio Nelson no se acostumbraba a llevar el reporte y la verificación se hacía cada seis meses o más. Pero no se había podido comprobar nada.

Mientras, Yiyo seguía insistiendo con Belkis e invitándola. Cierta mañana yo arreglaba la máquina de la muchacha cuando ella, que había estado peinándose y observándome de reojo, me dijo

—Yo también voy a salir de paseo. Por favor, dile a Yiyo que venga, que quiero hablar con él.

Al otro día todos sabían a dónde habían ido y cuánto se había gastado Yiyo en la salida. *Cajitas,* conversando conmigo en el área de fumar junto al baño de los hombres, no pudo contenerse y

—Oye, socio, los que se buscan la plata de verdad en la calle no hacen bulla. Y este Yiyo es un alardoso. Si le creen todo lo que habla, gasta más de lo que gana. Yo creo que el maletín de él está premiado.

¿Por qué *Cajitas* me hablaba de esa manera? ¿Era sólo un comentario o quería saber qué pensaba yo de la posibilidad de un doble fondo en el maletín? No pude definirlo entonces pero, de todas formas, no me perjudicaba que algunos sospecharan de Yiyo.

Esa tarde se reforzó, como si fuera casual, la vigilancia a la hora de la salida y ocurrió un incidente: llamaron a Nancy y a Hortensia y las registraron. Se temía que, como había sucedido en otros casos, se hubieran fabricado una especie de arnés con tiras para llevarse la tela entre los muslos o usaran sayuelas con bolsillos interiores. El registro fue infructuoso y les dieron explicaciones a las dos mujeres, pero Nancy no quiso comprenderlo y desahogó públicamente su disgusto. Después de este suceso se hizo más obvio para los trabajadores que había algo de robo y comenzaron a desconfiar unos de otros. ¿Quién robaba? ¿Cómo sacaban lo robado?

El sábado, Rosa no fue a trabajar. A la hora de almuerzo, *la Abuela* se sentó junto a mí y me dijo que

—Rosa llamó por teléfono para avisar que estaba enferma y te dejó el recado de que la vayas a ver a la casa.

Mi preocupación crecía: de alguna forma, ella me necesitaba: quizás iba confiando. ¿Qué pasaría si se enteraba de todo? Hasta ese momento, al parecer, ni *la Abuela* ni los demás trabajadores recelaban de mí. Pero, ¿y si llegaba a saberse?

Esa noche llovió muchísimo y, a pesar de la capa, me empapé y tuve que detenerme varias veces en el trayecto hasta su casa. Pero en ningún momento se me ocurrió dejar de ir. Al llegar a la puerta y tocar, percibí adentro el movimiento de dos personas y los comentarios de

—¿Quién será con esa agua?

—Abre rápido. ¿Habrá pasado algo?

Fue Carlos quien abrió, y yo

—Buenas, soy Tony.

Después de su sorpresa inicial, me pareció captar en él una leve sonrisa de comprensión y malicia a la vez mientras decía que

—Muy buenas. Pasa.

En la sala sólo se hallaba la madre. Supuse que Rosa se encontraría en el cuarto, acostada. Mientras me quitaba la capa, la mujer me examinó con desvergonzada suspicacia y poca intención de darme el visto bueno. Carlos estaba recostado a una pared, con los brazos cruzados, observándome, mientras yo mentía al decir que

—Me encontraba cerca y decidí venir hasta aquí para saber de Rosa. Pero el agua me sorprendió y... Bueno, llegué.

Estaba allí, en medio de la sala y del silencio, con el pelo chorreado y soportando miradas de duda y de burla, y

—Con permiso —dije, pasé al cuarto.

Rosa estaba acostada. Su rostro expresó cierta alegría, pero, sobre todo, incomprensión, y por eso preguntó

—¿Por qué viniste, con esta lluvia?

Ésa era la última pregunta que esperaba escucharle. Me sentí ridículo, y riposté con la ironía de que

—Desde pequeño me encanta mojarme cada vez que llueve y es una manía que no he podido reprimirme al llegar a adulto.

—Perdóname —dijo en voz baja y señaló para el borde de la cama. Me senté—. Es que no estoy acostumbrada a... —y se volvió de lado hacia mí, tan bella, que le confesé que

—Vine porque te quiero.

Acostada, se mordió el labio inferior. Luego me miró. Comprendí que era el absoluto y único instante de su vida en que se permitía la humana debilidad de confiar, la necesaria sensación de amar y ser amada. De amarme a mí. De ser amada por mí.

Me incliné sobre ella. La besé como si el mundo fuera un olvido. Cuando nos separamos, estaba seguro de haber disfrutado el mayor placer que jamás experimenté besando a ninguna otra mujer. Ni siquiera a ella misma. Y quizás para no sentirme vulnerable, fue que le dije que

—Estás enamorada.

Yo nunca me enamoro.

—Ahora lo estás.

—Nadie se enamora, Tony.

El disgusto por esa conversación me duró hasta que llegué a casa y me dormí. La preocupación fue más allá. El lunes ella se reincorporó al trabajo y nos pusimos de acuerdo para salir. En el cuarto de las herramientas, Yiyo se me acercó y me advirtió que

—Están girados para los mecánicos. En cualquier momento me registran el maletín. María sospecha de mí porque cada vez que pasa mira para acá, pero yo sí no estoy en nada.

No pasé por alto lo de las sospechas de María. Cuando Yiyo me repitió que no concebía cómo se podría sacar un robo, desconfié aún más de él. Cualquiera que hubiera trabajado un tiempo en un taller, lo sabría. Como la temperatura estaba fresca, era posible "el caballo". Yo conocía bien esto: un hombre se colocaba la pieza de tela a la espalda, sostenida por una soga que pasaba tras el cuello y cuyos extremos se amarraban al cinturón, como una capa. Encima se ponía el abrigo y no se notaba. De esa forma, aunque pareciera increíble, se podía sacar una pieza de tela de hasta 27 metros de largo por 92 centímetros de ancho. O "la momia", que consistía en amarrarse el corte de tela en la pierna usando un pantalón ancho. Algunos delincuentes se enrollaban la tela en el cuerpo, como un corsé. Todo esto, acomodándolas, era posible hacerlo con camisas terminadas ya.

Yo conocía esos métodos de sacar lo hurtado, pero de nada me servían pues Nelson tenía experiencia y no iba a dejar que los usaran en su taller. Para robar allí había que tener imaginación.

Rosa se pasó el día mirándome y esa tarde, al salir del trabajo, me preguntó que

—¿A dónde vamos a ir?

—No sé. No tengo dinero.

—Yo sí. Lola me prestó.

—¿Por qué le pediste?

—No le pedí. Ella se dio cuenta de que no tenía y me dio. También le presta a Nancy, que está criando sola a su hija y pasa mucho trabajo. No te pongas bravo. Vamos.

Esa noche fue tanto lo que ella llegó a gustarme, que la amé hasta con miedo. La poseía, mas no lograba transformarla en costumbre. Dándose toda, ella conseguía mantener ocultas sus claves por medio de quién sabe qué sortilegio de hembra primitivamente sabia para el amor.

Ese recurrente afán mío de comprender su sensualidad me tenía preso... Me estaba convirtiendo en un explorador de sus vehemencias y abandonos, en un especialista de su pasión. Amarla era un acto fascinante, explosivo y total que nunca concluía. En la intimidad, ella era mágica. Y, quizás nuevamente para defenderme, le repetí que

—Estás enamorada.

—No sigas con eso —se volvió de lado. No me quiso mirar—. Soy con la gente como la gente es conmigo y nada más —los pechos se le movían inquietos, como la respiración—. Es mejor no sentir nada.

—Pero tú sientes.

—No —fijó la vista en la sábana—. Yo debo tener los pies bien puestos sobre la tierra.

—¿Y estás conmigo sólo porque te gusto?

—Ya, por favor. No me hagas más preguntas.

Al día siguiente, en el taller había el comentario de que Nelson llevaba un tiempo revisando los contenedores de basura y nada: el robo continuaba, y también la vigilancia y las investigaciones. Todo estaba en tensión. Nadie, ni Nelson ni los demás trabajadores, ni Rosa misma presintieron que aquél sería el día del desenlace. Como todos los martes, ella adelantó su trabajo.

Las cajas estaban apiladas ante la mesa de envase junto al baño de las mujeres. Le dije que no podíamos ir esa tarde al apartamento porque Roberto regresaba al mediodía.

—Bueno, nos sentaremos en un parque a mirarnos las caras —dijo ella mientras jugaba con los vellos de mi brazo—. Cuando seamos viejos, ¿te seguirá gustando que te acaricie?

—¿Tú podrás resistir tantos años junto a un hombre del que no estás enamorada?

Ella iba a sonreír, pero se detuvo, y percibí algo de tristeza cuando dijo que

—Cuando pase el tiempo tú no te vas a acordar de mí, Tony. Soy una tonta.

—Yo también soy un tonto.

Las risitas y murmullos de las costureras nos regresaron, como un relámpago frío, al taller. Estábamos en el área de fumar, a la vista de todos. Rosa se apartó de mí y

—No me hagas caso —dijo y se alejó hacia su departamento.

Yo quedé allí, parado, con varias miradas sobre mí. Pero también con la certeza de que ella, con otras palabras, me había dicho que me quería.

Qué lejos estaba Rosa de imaginarse que esa misma mañana todo lo del hurto se descubriría y la confianza que con tanta paciencia yo había ido sembrando en ella se derrumbaría estrepitosamente al producirse la captura y revelarse luego, con detalles, mi participación en el hecho.

Ya para ese momento, Nelson estaba convencido de que las camisas se las robaban enteras y no por piezas, pues había realizado un conteo. Eso quitaba gran parte de sospechas de las mujeres que no trabajaban con la camisa completa. Sólo las últimas operaciones, como poner botones o abrir ojales, que efectuaba Belkis, se hacían con la camisa entera. También, por supuesto, quedaba Remate y Revisión. Y Plancha, donde laboraban Nancy, Hortensia y Gladys; además de Arme y Envase, con Rosa y Lola, y Almacén con Pedro y *Cajitas.* Los mecánicos y engrasadores andábamos por casi todo el taller. El círculo de sospechosos se estrechaba.

A media mañana, fui a verla. Rosa estaba ayudando en otras tareas pues tenía muchas cajas armadas. Pero cuando llegué allí, se escuchó la voz de Lola que le dijo

—Niña, vete a hablar un rato por ahí con ese muchacho.

Miré hacia la mesa de envase, pero estaba totalmente tapada por las cajas. Oí a *Cajitas* murmurar algo del otro lado y recordé que era martes. El camión venía los martes y los viernes, más o menos a esa hora.

Como todos los días de camión, *Cajitas* fue varias veces a la mesa de envase a recoger cajas que llevó cerca de la puerta de embarcar la mercancía. En casi todos los viajes habló con Lola, quien no se movió del lugar ni paró de trabajar. Pedro estaba contando las cajas que debían salir ese día y preparando la factura. Las planchadoras continuaban su labor y Rosa las ayudaba. Fui al área de fumar del baño de los hombres. *Cajitas* salió del baño y encendió un cigarro. Señaló para el resto del taller y

—Oye, socio, mira que las mujeres chacharean y hablan basura, ¿eh?

El camión llegó y comenzó la operación de carga. Pedro me miró, fumando junto al baño, pero no dijo nada. El camionero se apeó de la cabina. Usaba grandes botas, como *Cajitas.* No ayudó. Se fumó un cigarro y fue al baño. *Cajitas* y el ayudante del camión eran los que cargaban. Pedro contaba. El camionero fue a la cabina del camión y se sentó a oír la radio. Al rato, el ayudante pidió unos minutos de descanso y *Cajitas* fue a hablar con Lola. Había tantas cajas que se veían apenas. *Cajitas* regresó y fue al baño.

Ya me había dado cuenta de todo. Los martes y los viernes, el camión, las cajas que tapaban la mesa de envase, las botas de *Cajitas* y el camionero, el baño. Me eché hacia atrás, tomé impulso, lancé mi hombro contra la puerta del baño y, de un golpe, la abrí. Sorprendí a *Cajitas* colocando una bolsa de polietileno lleno de camisas en el tanque alto del inodoro.

De inmediato lo detuve. Nelson y otros compañeros que habían sido puestos sobre aviso, llegaron. En la cabina del camión encontraron más camisas. Todo se descubrió. Hasta mi identidad. El personal del taller quedó sorprendido al saber que yo era un investigador especializado en robos en empresas.

Debido a los trámites, no pude hablar con Rosa en ese momento. Por un instante la vi junto a Nancy y estaba totalmente anonadada. Yo temía que estuviera sucediendo lo que me preocupó tantas veces al pensar en el robo: que ella, al comprobar que le había mentido ampliamente sobre mi identidad y mi profesión, creyera que también le fingí lo nuestro. Esa misma noche, en cuanto pude, fui por su casa. La madre fue quien salió a la puerta y me dijo que

—Rosa no está.

Era mentira. El amor se había venido abajo.

Tuve unos días de intenso trabajo con los informes y la instrucción del caso, pues pudimos llegar hasta los que comercializaban las camisas robadas, pero *la Abuela* me mantenía al tanto de todo sobre Rosa. Ella había tomado vacaciones inmediatamente después del suceso. Fui varias veces por su casa y siempre la respuesta fue

—No está.

Y llegó el juicio. Sabía que allí la vería. En mi declaración expliqué lo sucedido. El caso comenzó al dar Nelson la voz de alarma, después de que detectó un gran déficit de camisas, pues no correspondían los cortes de tela con la producción final. Sin embargo, no podía descubrir quién ni cómo efectuaba la sustracción. Entonces, fui enviado al taller, aprovechando que había sido mecánico, para que investigara el caso desde adentro. Yo indicaba a Nelson las medidas que éste debía tomar y así fuimos desechando posibilidades y estrechando el cerco, hasta que llegamos a tener a los sospechosos.

Manifesté que Lola demoraba su trabajo los martes y viernes para que las hileras de cajas que Rosa armaba subieran por encima de la mesa de envase. Así podía separar camisas sin ser vista y cuando tenía algunas llamaba a *Cajitas* y éste, amparado por las cajas, se las colocaba a los lados de las botas y se iba, llevando un cargamento de cajas para la puerta del almacén. Luego, *Cajitas* entraba al baño, metía las camisas en la bolsa, la amarraba para que no le entrara agua y la ponía en el tanque alto del inodoro.

Posteriormente, el camionero iba al baño, sacaba las camisas del tanque y se las colocaba en las botas para trasladarlas a la cabina del camión, donde las escondía bajo el asiento. El ayudante del camión y Pedro, el jefe del almacén, eran inocentes. Esta operación la repetían varias veces y así lograban llevarse gran cantidad de camisas cada martes y viernes. En la casa del camionero se encontraron más artículos.

Expliqué que una de las personas con más posibilidades de darse cuenta era Rosa, pero que Lola, generalmente, la convencía para que se fuera a fumar o a conversar, con la justificación de que ya tenía muchas cajas armadas. Rosa lo hacía, y gracias a que no estaba por ahí, Lola podía hurtar impunemente.

Después de declarar, busqué a Rosa por el salón. La vi, pero ella no me miró. Mis temores se confirmaban. Desde su punto de vista, mi actuación y la crítica que le había hecho como trabajadora corroboraban la filosofía de la madre. De seguro, consideraba que yo la había utilizado. Al finalizar el juicio me le acerqué, pero me dio la espalda y se alejó. Rosa había perdido la confianza y yo la había perdido a ella.

Ya en casa quise pensar que mi disgusto era porque se había frustrado mi relación con una mujer que me hacía sentir bien. Pero fue una mentira demasiado evidente para prosperar. Cierto que Rosa poseía un rostro y un cuerpo agradables, que me gustaba cómo hacía el amor, y que sabía ser cariñosa y tierna. Pero no se trataba sólo de la suma de esas características, sino de algo que iba mucho más allá. El amor no es incomprensible pero tampoco se explica totalmente. Yo jamás había entregado tanto en una relación amorosa. No podía aceptar que todo hubiera acabado.

El primer día después de sus vacaciones, al salir Rosa del taller, yo estaba esperándola en la calle, y

—Rosa.

Se sorprendió, pero se rehízo, pues

—Lo felicito por su buen trabajo. Nadie se dio cuenta y todos creyeron en usted. Por eso se pudo acercar por Envase, por haber fingido tan bien todos los sentimientos. Felicidades —echó a andar sin volverse—. ¡Ah!, y no piense que le guardo rencor por haber dicho ante los demás que fui negligente en el trabajo.

Avancé con rapidez hasta alcanzarla y

—Eres injusta —caminé a su lado—. Sólo oculté lo necesario para realizar mi trabajo y resolver un problema que perjudicaba a todos.

—No quiero oírle charlas a nadie. Adiós, "investigador".

—¡Rosa! —ella apuró el paso—. ¡Rosa!

Se volvió y me exigió que

—No me moleste más, por favor —cruzó la calle y se unió a otras mujeres del taller que iban hacia la parada de autobús.

Quedé inmóvil en la acera, viéndola irse, alejarse de mí. Pero era sólo el principio. A la tarde siguiente la esperé en el mismo sitio, cerca de la puerta del taller y

—Rosa.

—Vaya —se detuvo—. Si es de nuevo "el investigador" al que ayudé sin saber, cuando yo no tenía los pies bien puestos sobre la tierra. Adiós.

—¡Espera! —la sujeté por el brazo—. ¿Cuándo vas a acabar de darte cuenta de lo importante que eres para mí?

—¿Y cómo yo sé que eso es verdad... —se soltó con un ademán— ... y no mentira como todo lo que decías y fingías antes?

Entonces le sorprendí la mano con una flor que puse en ella y

—Mira, esto te lo doy porque creo en ti. Y te amo.

Desde la acera de enfrente, varias mujeres del taller se habían detenido y nos observaban. Rosa estaba paralizada y yo sostenía la flor entre nuestras manos, desafiando el ridículo. Algunas muchachas sonrieron. Con la risa, ella reaccionó, tomó la flor, y

—Adiós —no me miró, y echó a andar de prisa, hasta unirse al grupo que se alejaba.

Tuve 24 horas para pensar en ella, pero ella también las tuvo para tratar de no pensar en mí. Al otro día, me situé lejos de la puerta con la intención de observarla a mi antojo. Cuando apareció, creí advertir que aprovechaba su conversación con otras muchachas para mirar con disimulo a su alrededor. Se demoró más de lo acostumbrado, se miró en un espejito que sacó de su cartera, y al fin se incorporó a las últimas mujeres que salieron rumbo a la parada. Avancé a su encuentro. Desde que las muchachas me vieron acercarme, comenzaron las señas y las sonrisas. Me detuve, y otra vez

—Rosa.

Ella siguió caminando con sus amigas, y cuando el grupo pasó junto a mí

—¡Rosa!

Se alejaba con las demás, dejándome desolado. Para colmo, algunas muchachas rieron. Entonces, ocurrió: abandonó a sus compañeras, vino a donde estaba yo y

—¿Por qué haces estas cosas?

Vislumbré que no preguntaba por curiosidad, sino por algo mucho más imperioso y necesario. Era el momento de decirle

—Porque nos queremos.

Movió la cabeza hacia los lados, como evitando escuchar mis palabras. Y en un lapso que a mí me pareció una eternidad, miró hacia el suelo y se mordió los labios, luego fugazmente a mi rostro, como queriendo escudriñarme, de nuevo hacia el suelo, hasta que pareció sacar de no sé dónde toda la dureza que pudo y, mirándome de nuevo, murmuró

—Vamos. No me gusta que se rían de ti.

Y me tomó de la mano. Pero me mantuve inmóvil y la detuve. Quería saber si

—¿Te importa mucho?

—Vamos —repitió, en un tono impreciso entre la exigencia y la súplica.

Pero no me moví ni le solté la mano. Y con el forcejeo se le abrió la cartera. Dentro estaba la flor que le había dado el día antes. Me miró sorprendida. Jamás vi en nadie tanta desconfianza, pero a la vez tanta lucha por confiar. Por confiar en mí. Porque en el fondo ella quería, necesitaba, ansiaba creer que yo la amaba.

—¿Por qué no quieres que se rían de mí? ¿Por qué me pides que vaya contigo?

—Es que yo…

—Tú, ¿qué?

—Es que…

—¡Dímelo!

—Soy una tonta, Tony. No tengo los pies bien puestos sobre la tierra.

Se recostó a mí y se dejó pasar mi mano por su cintura.

Aquella murió.

Y los recuerdos son así: se quedan rondando bajo la piel hasta que un día se hacen adultos y se dejan descifrar. Te miro. Tu cuerpo, embellecido por la maternidad, me parece el más hermoso.

Aquella murió. Y tú, la que naciste ese día, eres otra mujer. Una que se conoce y está orgullosa de sí misma. Ahora ya no soy sólo el provocador de tus agresivas ternuras. Soy mucho más: tu compañero.

¿En qué preciso momento murió aquella?

No me digas "no sé..." ni te rías. Quiero saber. ¿Cuándo comenzaste a nacer tú? ¿Fue cuando tomaste la flor de mi mano?

Lección 26

En esta lección 25 del libro *Usted también puede escribir cuentos policiacos* analizaremos cómo lograr un buen final y, luego, mejorarlo una y otra vez.

Para ello, le mostraremos algunas variantes de final para el cuento, ambientado en los años setenta, que estuvimos trabajando en las lecciones 22, 23 y 24.

Final 1:

En el apartamento, sonó el timbre del intercomunicador. Desde la entrada del edificio, el teniente Mena se anunció, y poco después el gordo y desaliñado investigador se sentaba en un butacón frente a Nelson Quesada en presencia de Laura, su esposa, una rubia con vestigios de vulgaridad bajo el maquillaje que da la buena vida.

—Vamos al grano, señor Quesada —soltó Mena mientras el sudor le rodaba por el grasiento rostro—. Antes de ir al cine con su esposa, usted fue a ver a Manuel, aparentemente para mediar entre él y Carmen. Conversaron, tomaron unos tragos y usted lo envenenó.

—Jamás podrá probarlo —replicó, inseguro, Nelson.

—Esto estaba en el lugar del crimen —continuó Mena, mostrando un pañuelo verde—. Su hermana Carmen me dijo que se lo regaló a usted en su fiesta de cumpleaños y que ella misma le bordó la letra N. ¿Lo usó usted para limpiar las huellas?

—¡Nelson! —se estremeció Laura—. El pañuelo que habías perdido.

—Hay más: no tuvo usted el valor de esperar el fin de la agonía de Manuel y, en sus últimos momentos, el moribundo logró escribir, en el reverso del anónimo, el nombre de su asesino: "NELSON" —el gordo se enjugó el sudor con un pañuelo muy usado, y se volvió hacia Laura—. Lo siento, señora —se levantó—. Señor Quesada, acompáñeme. Está usted acusado de asesinar a Manuel Rivero.

FIN

Éste es un buen final. No han quedado cabos sueltos y el lector estará satisfecho. ¿Cómo intranquilizar a ese lector, mostrándole otra verdad tras la verdad aparente? Veamos.

Final 2:

En medio de la tensión, sonó el timbre del teléfono. Laura respondió. Era para el investigador. Mena fue a atenderlo y, minutos después, regresó y dejó caer su gordura en el butacón.

—Buenas nuevas —dijo, con un ademán que resumía sus disculpas—. Los peritos estudiaron escritos de puño y letra de Manuel y concluyeron que no fue él quien escribió ese "NELSON" acusatorio.

—Mire —mostró Nelson—, mi pañuelo. Lo hallé hace unos días.

Con un ademán, Mena les pidió que le dieran unos minutos para reflexionar, abrió con dificultad el cuello de la empapada camisa, y estuvo unos minutos mirando en silencio al suelo, como si allí pudiera hallar una respuesta a sus dudas. Hasta que chasqueó los dedos y miró a Nelson.

—Alguien —comentó febrilmente— quería asesinar a Manuel, y sabía que usted lo había amenazado de muerte si, en un nuevo arranque de celos, golpeaba otra vez a Carmen. Por tanto, envió un anónimo a Manuel, diciéndole que Carmen, su novia, lo engañaba, y así lo compulsó a golpearla. Después, visitó a Manuel, lo envenenó, dejó un pañuelo similar al suyo y escribió "NELSON" en el reverso del anónimo: todo para incriminarlo a usted —se levantó del butacón—. Quien envió el anónimo es el asesino. Debo hallar una máquina de escribir más vieja que aquélla —dijo, señalando la que se veía en otra habitación—, con un defecto en la letra *e*, como presenta el anónimo —avanzó hacia la puerta—. Quizás el objetivo del complot fuera no sólo asesinar a Manuel, sino también sacarlo a usted de circulación de por vida. Hay que investigar a otros socios de la firma comercial, que pudieran beneficiarse con la eliminación de los dos —desde la puerta abierta—: Cuando resuelva el caso —sonrió, sudoroso—, me jubilaré para dedicarme a mis nietos. —Y salió.

Nelson mostraba en su rostro los años que se empeñaba en ocultar.

—Abrázame, querido —dijo la rubia—. Ya todo terminó.

FIN

Esta lección lo adiestra a usted para que pueda elaborar finales cada vez más complejos, lo cual torna más interesante el cuento. Observe.

Final 3:

Media hora más tarde, sonó el intercomunicador. Era Mena, quien minutos después entró, más sudado aún, y se sentó.

—Laura no fue con usted al cine. En la farmacia aseguran que estuvo allí, con jaqueca, más o menos a la hora del crimen.

La rubia se apoyó en su esposo para no caer. Sus manos temblaban.

—Es que... cuando Nelson vio que yo demoraba, me llamó desde el cine y le dije que tenía jaqueca, que entrara solo. Después del crimen —sollozó—, como él sería el primer sospechoso a pesar de su inocencia, acordamos decir que estuvimos juntos en el cine.

—¡El boleto está en la camisa! —recordó Nelson y fue a buscarlo. Cuando regresó con la mitad del boleto, Mena fue al teléfono.

—Muéstreme su otra máquina de escribir —pidió el investigador mientras se comunicaba—. La tarjetita en el intercomunicador de la entrada, donde aparecen sus nombres, fue escrita con otra máquina.

—¿Recuerdas, Nelson? Esa tarjeta la pusiste hace año y medio y la escribiste en la vieja máquina portátil. Voy a buscarla.

Nelson guardaba silencio y Mena había concluido su llamada cuando Laura volvió con la máquina. El gordo examinó el teclado.

—El mismo defecto en la *e* que la tarjetita y que el anónimo —murmuró y se volvió hacia Nelson—. No perdamos tiempo. Usted mismo envió el anónimo. Luego, llamó a Laura antes de la hora en que ella debía salir para el cine, con la intención de inventarle una excusa. Cuando ella le dijo que no podría ir, eso mejoró sus planes, y usted aceptó de inmediato entrar solo, aunque, de seguro, esa llamada no la hacía desde el cine, sino desde algún teléfono cercano a este barrio, a la casa de Manuel.

Sabemos que usted y él habían discutido por problemas en el negocio.

—Manuel malversó para pagar sus deudas y yo lo descubrí.

—¿Y si fuera lo contrario? —Mena se levantó y fue hacia Nelson—. Usted sabía que, en cualquier circunstancia que él muriera, el primer sospechoso sería usted. Entonces, elaboró un plan muy inteligente: dejó en el lugar del crimen varias pistas que, en un principio, lo acusaban a usted: pistas fácilmente desacreditables: el pañuelo, su nombre en el anónimo... De esa forma, cuando descubriéramos que eran falsas, creeríamos que usted era inocente del crimen y, a la vez, víctima del complot del verdadero asesino.

—Nelson estaba en el cine —protestó Laura—. Es inocente.

—Llamé al cine —aseguró Mena—. El boleto es de varios días antes. Así que... —cargó con la máquina de escribir—, acompáñeme, señor Quesada. Está acusado de asesinar a Manuel Rivero.

FIN

La lección 25 nos muestra cómo, después de brindarle al lector una nueva línea de pensamiento que lo lleva a otro final, podemos destruírsela y crearle una más que lo situará ante lo inesperado. Vea cómo hacerlo.

Final 4:

"Pobre Nelson. ¿Cómo viviré sin él?", se preguntó Laura al regresar de la puerta, y se dejó caer en una silla, agotada. "No pude evitar que lo detuvieran, como tampoco pude evitar la muerte de Manuel. Nelson me había planteado el divorcio para casarse con su joven amante y yo no podía permitir que por esa Daisy me lanzara de regreso a la pobreza. Si lo mataba, yo sería la primera sospechosa. Por eso se me ocurrió sacrificar a

Manuel para inculpar a Nelson y enviarlo a la cárcel para siempre y quedarme con su dinero. Le hice una marca a la *e* de su vieja máquina y escribí en ella el anónimo y una tarjetita para intercomunicador, la que, con la convicción de que la policía la vería tarde o temprano, cambié por la que Nelson había puesto antes. Luego, lo convencí de encontrarse conmigo en un cine lejano, en una fecha que elegí. Ese día deslicé el anónimo por debajo de la puerta de Manuel y, desde esta ventana, vigilé la casa. Vi a Carmen entrar y salir al rato, llorando. Cuando Nelson me llamó desde el cine lo alenté a que entrara solo y, de inmediato, fui a casa de Manuel, le pedí conversar sobre el asunto de Carmen, bebimos algo y lo envenené. Escribí el nombre de Nelson en el anónimo y dejé el pañuelo que le sustraje un mes antes. No entiendo cómo él pudo mostrar otro igual al policía, pero eso no cambió nada. Después fui a la farmacia y me hice notar con mi jaqueca. Al conocerse el crimen, convencí a Nelson de decir que habíamos entrado juntos al cine, pues sabía que era fácil comprobar la mentira, y extraje de su camisa el pedazo de boleto y puse otro que yo había comprado días antes. La policía nunca sospechó de mí porque no tenía motivo alguno para asesinar a Manuel." Se levantó y, ante el espejo, observó su cuerpo, de belleza declinante. "Pobre Nelson. ¡Qué bien voy a vivir sin él y con su dinero!"

FIN

La intención es, con apenas uno o dos nuevos datos cada vez, darle un total vuelco al cuento y ofrecerle al lector otro insólito final, que representará un grado mayor de complejidad. Veámoslo una vez más.

Final 5:

La puerta del apartamento se abrió y, con la llave en la mano, entró Nelson, cabizbajo. Laura no salía de su estupor. Detrás, lo seguía Mena, quien, sudoroso, se dejó caer en el butacón.

—Su marido recordó que había comprado dos boletos, señora, y que luego convenció a la taquillera para que le devolviera el dinero a cambio del de usted, que ya no iría. Ahora venimos del cine: la mujer ratifica que habló con él el día y a la hora del crimen.

—La taquillera... —tembló Laura y logró reponerse—. ¡Oh, Nelson!

—Hay más, señora. Su esposo también aseguraba que su vieja máquina jamás tuvo ese defecto en la e. Nuestro perito determinó que fue hecho a propósito y muy recientemente, con una limita de uñas. Además, como prueba, me había llevado la tarjetita del intercomunicador, la que, por ser de cartulina cromada, guardaba huellas digitales. Las cotejamos con las que usted dejó hoy en la máquina al entregármela y son las mismas: las suyas —Laura abrió desmesuradamente los ojos—. ¿Por qué hay huellas suyas y no de su esposo en una tarjeta que escribió y colocó él? ¿Cómo puede una tarjeta escrita hace año y medio mostrar una e defectuosa si esa marca se le hizo a la máquina recientemente? La clave la dio su esposo cuando nos confesó que le había pedido el divorcio y que usted se negó por temor a verse en la ruina —Laura retrocedía tambaleándose. Nelson hundió su mirada en el piso mientras Mena ponía en pie su fatigada humanidad—. Sólo usted pudo haberlo hecho todo para que él apareciera como culpable: el pañuelo, la marca de la máquina, el cambio de tarjeta...

—Mis huellas no pueden estar en la tarjeta... No es...

—Están, señora —aseguró Mena como si lamentara decirlo—. Así que... acompáñeme, está acusada de asesinar a Manuel Rivero.

FIN

Con este recurso literario, usted induce al lector a que crea, vez tras vez, en una verdad diferente, que usted se encargará de destruirle en cada ocasión. Veámoslo de nuevo.

Final 6:

Después de que Nelson cerró la puerta, alzó el rostro, respiró hondo y fue a prepararse un trago. Con hielo, para refrescar.

"Pobre Laura", se dijo. "Descubrí sus intenciones cuando, después de notarla muy nerviosa, decidí vigilarla y hallé mi pañuelo perdido en una de sus gavetas, junto al anónimo. A partir de ahí, no me fue difícil descubrir la marca en la *e* de la vieja máquina.

"Su plan me venía de perillas. Daisy me había hecho gastar mucho dinero en los últimos meses y es cierto que Manuel descubrió mi malversación y me iba a denunciar. Sólo su noviazgo con mi hermana lo detenía de momento. Así que me limité a dejar que Laura llevara adelante lo suyo y mandé bordar un pañuelo igual al que me robó.

"En cuanto descubrí que había cambiado la tarjetita del intercomunicador por otra escrita con la *e* defectuosa, me las agencié para que tocara la cartulina cromada de una cariñosa postal que le envié: luego se la sustraje, recorté la parte en blanco al tamaño de la tarjetita, la escribí en la máquina marcada y cambié la que ella había puesto por esta otra tarjeta que sí tenía sus huellas. El día del crimen, para asegurar mi coartada, conversé largo rato con la taquillera mientras Laura ejecutaba su plan, sin saber que era, también, el mío." Terminó su trago y, con la gracia de esas personas a las que el dinero mantiene juveniles, se dirigió al teléfono. "Y ahora, el divorcio, ¡y a disfrutar con Daisy el dinero de Manuel!"

FIN

De esta forma, el lector se acercará al verdadero final, inseguro, derrotado y admirándolo a usted, que es el escritor. Hagámoslo de nuevo.

Final 7:

Cuando Nelson iba hacia el teléfono, sonó el intercomunicador. Era Daisy, que todo el tiempo había estado vigilándolo...

Pero, antes, estudie a profundidad esta lección. Después, para conocer los finales 7, 8, 9, 10 y 11, pase a la lección 26.

Un hombre toca a la puerta, bajo la lluvia

La llovizna es un polvo sucio y pegajoso que esfuma los contornos cuando el hombre, caminando deprisa, arriba al portal, se dirige a la puerta y pulsa el botón. Del interior de la casa llega el sonido apagado del timbre, como recuerdo lejano que aflora en un sueño. Luego, el silencio. El hombre observa su reloj. La sombra de la barba recién rasurada viriliza el rostro.

Nadie abre. El hombre toca de nuevo el timbre y queda atento a cualquier sonido. Mira hacia la puerta, mira hacia la calle, mira a su reloj. Está inquieto. Lleva su mano hacia el botón para oprimirlo de nuevo, pero se escucha un ruido metálico que lo paraliza. El hombre se percata de que la mirilla de la puerta se ha abierto y que es observado.

—¿Qué desea? —se escucha desde el interior de la casa. Es la voz cascada de una anciana.

El hombre extrae una billetera de su pantalón, la abre y la muestra, fugazmente, ante la mirilla.

—Policía. ¿Puede abrir?

Hay una pausa, y algo tenso queda flotando, incómodo, entre el hombre y ese ojo que lo observa desde la puerta. Finalmente, la mirilla se cierra, se descorren los cerrojos y la puerta se abre. Una mujer, en una edad de indefinido tránsito hacia la vejez, lo examina de arriba abajo mientras que con ambas manos estruja un pañuelito blanco.

—¿Es usted María?

—Marina —rectifica ella.

—Sí, Marina, efectivamente. ¿Puedo pasar?

La mujer asiente. El hombre entra. Ella cierra, y con una mano extendida, lo invita a pasar a la sala contigua. Va tras él y, allí, le indica un sillón y elige para sí un sitio en el sofá. Ambos se sientan. Él le brinda una sonrisa, fría, estudiada. La mujer no cesa de mover el pañuelito entre sus manos.

—Discúlpeme por demorarme, y por mirar y preguntarle antes —comienza ella—, pero con ese asesino suelto no le abro a ningún hombre que no conozca. Bueno, usted es policía... Parece tan joven para ser policía.

—Estoy acabado de graduar —aclara él, manteniendo la misma sonrisa que, de repente, se desvanece de sus labios cuando se inclina hacia ella—: Precisamente, tenemos la información de que el ejecutor de esos crímenes va a venir por esta zona. Han enviado a varios policías, y el Capitán me situó en esta casa —y su voz se torna grave cuando añade—: Usted sabe que, hasta ahora, las víctimas han sido siempre mujeres mayores... ancianas, pudiéramos decir, que, por lo general, viven solas. ¿Usted no vive sola? —la mujer asiente—. Por eso el Capitán me envió aquí: a protegerla.

La mujer lucha por armar una sonrisa de despreocupación cuando le pregunta:

—¿Y cómo saben que... ese hombre va a venir por aquí?

—Él mismo nos lo dijo —sonríe el joven con suficiencia—. Usted es una mujer, digamos, mayor, vive sola... y, de seguro, tiene buenas pertenencias, ¿no?

—Sí, quizás... ciertas joyas que conservo de cuando vivía mi esposo, y algunos regalos que me ha hecho mi nieto. Pero, ¿cómo puede saberlo ese hombre?

—Parece que hace algunas investigaciones antes de actuar. Y no es difícil. En un barrio la gente habla demasiado. Sólo hay que ir al mercado y escuchar. Resulta increíble de lo que se entera uno ahí. Las personas lo cuentan todo: sobre sí mismos, sus familiares, sus vecinos.

El susurro de la llovizna sobre la madera de las ventanas crea una rara intimidad entre el joven y la anciana. Él, ahora más seguro de sí, opta por estudiarla. Por el arreglo de la casa, la mujer parece una persona limpia, pero su pelo podría estar más cuidado, al igual que el delantal que, sobre el vestido, le ciñe sus prolapsadas carnes. Ella evade la mirada de análisis, y se compone un rizo suelto de su cabello mientras le pregunta:

—¿Y qué se sabe de los... asesinatos?

El hombre mira al techo, se encoge de hombros y, luego, doctoral, parece dignarse a soltar alguna información sin importancia: le explica que las víctimas viven solas o pasan solitarias la mayor parte del día en sus casas; siempre son ancianas de cierto bienestar económico; el asesino les roba joyas, dinero y objetos de valor; hasta ahora, no ha forzado ni una puerta, quizás haya entrado por una ventana, pero se supone que las propias víctimas le han abierto; debe valerse de algún ardid para que le permitan pasar.

La mujer se estremece, pero su curiosidad parece ser mayor que su temor, pues le pregunta:

—Y cuando entra, ¿qué hace?

El joven disfruta el interés que provocan sus palabras.

—Por las marcas dejadas se ha sabido que, en todos los casos, una vez que ha entrado no ha tenido prisa en matar ni, después, en irse; revisa todo a conciencia, buscando las cosas de real valor que pueda llevarse consigo.

—¿Y... cómo hace "eso"?

—Mata a las ancianas para que no lo denuncien. Las degüella con un simple cuchillo de cocina, un cuchillo de la propia víctima.

La mujer se lleva una mano al cuello.

—¿Degollándolas?

—Sí, así no tienen oportunidad de gritar.

—Es horrible. Habrá mucha sangre.

—Sí, todo se embarra —asegura él y se frota las manos.

—Será un loco.

—Puede que no. Quizás tenga una apariencia normal, y tal vez no esté loco. Recuerde que no mata por matar, sino por robar.

—Ah, ¿y no saben cómo es?

—No, nadie lo ha visto.

La mujer queda en silencio, como asimilando lo escuchado. Sus manos, inquietas, descargan las tensiones en el pañuelo.

—¿Sabe?, no me ha explicado cómo conocieron que vendría por aquí.

Por toda respuesta el hombre sonríe. Luego, toma su teléfono celular.

—¿Me permite un segundo?

—Sí —responde ella, y se dedica a observarlo—. Es usted un policía demasiado joven.

—No se preocupe —dice él mientras marca un número—, confíe en mí.

La mujer baja la vista hacia el pañuelo entre sus manos.

—Teniente, soy yo. Estoy en la casa de la señora Marina, como me ordenaron —el hombre parece escuchar y se vuelve a la mujer—: ¿Sus familiares vienen todos los días?

—No, mi hijo no viene hasta mañana.

—No —informa el hombre por teléfono—, ella estará sola todo el día de hoy —escucha unos segundos y luego dice—: Sí, está bien, me quedaré aquí hasta que todo termine —y cierra el celular—. ¿Hay otras puertas en la casa? —le pregunta entonces a la mujer.

—Sí, la que va de la cocina al patio.

—¿Podemos verla? Hay que cerrar todo para obstaculizar el acceso.

La mujer se levanta del sofá. Hay cierta alteración en su rostro y sus manos, que ella todavía consigue dominar.

—Venga conmigo —le dice, y echa a andar por el pasillo interior.

El hombre la sigue. Va contemplando el descuidado cabello de la mujer. A cada lado del pasillo hay sendas puertas cerradas y, al pasar junto a ellas, el hombre las examina. Ambos entran a la cocina comedor y ella señala la puerta del patio, que está abierta.

—Vamos a cerrarla —le propone el hombre con decisión. Ella parece dudar—. Es necesario —insiste él.

—Nunca la cierro hasta que voy a dormir —asegura la mujer, y mira afuera—. ¡Cómo llueve! —se muestra vacilante por unos segundos, mas, finalmente, cierra la puerta y le pasa los dos cerrojos. Y entonces advierte que el hombre está sudando.

Él parece percatarse de la observación.

—¿Puede darme un poco de agua? —le solicita—. Hace calor.

La mujer toma un vaso de un estante, abre el refrigerador, lo llena de agua y se lo ofrece. Mientras el hombre bebe, su vista recorre la cocina, repasa cada detalle, hasta detenerse en un punto.

—Esos dos cuchillos son como los que usa él.

—Es horrible —dice la mujer y se estremece de nuevo.

—Gracias por el agua —él le devuelve el vaso y, con cautela, añade—: Esas habitaciones, ¿tendrán las ventanas cerradas? ¿No habrá en ellas cosas atrayentes que puedan verse desde afuera y provoquen el interés de robarlas?

—Sí, mi hijo me ha hecho regalos; pero, las ventanas... yo las cerré, por la lluvia —el hombre la mira en silencio, de nuevo con esa sonrisa fría muy profesional. Ella parece dudar—. ¿Usted quiere revisarlas? —él asiente—. Venga, vamos, son dos habitaciones, una vacía, la otra es en la que yo duermo.

Regresan por el pasillo. Ella va delante. Llega a una puerta. La abre, se hace a un lado y él entra.

—Perdóneme que le pregunte otra vez —insiste ella—, pero, ¿cómo sabe que ese hombre va a venir por aquí?

Mientras él va a la ventana y revisa que esté bien cerrada, le explica que en el último de los crímenes, en una libreta donde acostumbraban en esa casa a anotar los recados telefónicos, descubrieron que había sido arrancada una hoja pero que en la siguiente había quedado un leve surco del lápiz. La policía había logrado descifrar qué decía la hoja que faltaba. Y, por los trazos, se supo que no era la letra de la anciana asesinada ni de ninguno de los familiares que la visitaban. En lo que estaba escrito había varias direcciones.

—Y, entre ellas, la de esta calle, esta cuadra. Y como usted vive sola...

—El asesino cometió un error —comenta la mujer cuando el hombre sale de la habitación, y ambos se dirigen a la otra puerta. La mujer la abre—. Es mi cuarto —dice, y se aparta.

El hombre da dos pasos y se sitúa en el umbral de la puerta. Desde allí, contempla la ventana, cerrada. Su mirada se desliza entonces hacia la cama, donde repara en unos collares, varios anillos, al parecer de oro, y dinero, bastante dinero. También advierte que las puertas del armario están abiertas, las gavetas hacia afuera, y todo revuelto, como después de un minucioso registro.

—¡¿Y esto qué es?! —pregunta él y, al ir dándose vuelta, descubre, horrorizado, unos pies que sobresalen del otro lado de la cama. Unos pies que yacen sobre un charco de sangre.

—Es Marina —dice la mujer a su espalda mientras pasa la hoja del cuchillo por el cuello del hombre, una y otra vez, a izquierda y derecha, rajándole, implacable, la garganta. El hombre manotea y ella lo agarra fuerte de los cabellos y jala la cabeza hacia atrás, sin detener la mano que cercena con el cuchillo y abre hasta lo imposible esa segunda boca, sin labios, monstruosa, que ha devenido espantoso surtidor de sangre y desata una macabra lluvia roja sobre la cama, las paredes, el escaparate. El cuerpo se convulsiona, y el espeluznante ruido del aire que se le escapa por el hueco del que brota su sangre, se pierde bajo el martilleo de la verdadera lluvia, como loco rumor, sobre la ventana. Las piernas del hombre ya no lo sostienen y cae el suelo, en medio de temblores que se van apagando. La mujer se zafa el delantal, se limpia con él la mano y el brazo manchados de púrpura, borra sus huellas del cuchillo, y deja caer arma y delantal sobre el cuerpo que aún se estremece. Luego, con el pañuelito blanco, limpia la manilla de la puerta y, con cuidado, para no embarrarse los zapatos de sangre, va hacia las joyas y el dinero sobre la cama. Afuera llueve.

Tobita

Estoy tranquilo. Sólo así puedo hablar de eso. Se lo voy a contar. Hay cosas que suceden porque tienen que suceder y eso fue lo que pasó. ¿Usted no cree? La crueldad envuelve todos nuestros actos. Y nadie parece darse cuenta. La vida continúa. Sólo cuando ocurre algo así la gente reacciona y se une para criticar, para acusar. Yo también lo hice. Y acusé. Y dije que era inhumano.

Pero, ¿qué es lo humano? ¿Acaso lo racional? Los animales son irracionales y matan. El hombre también mata. ¿En qué se diferencian? ¿En que el hombre premedita sus crímenes? Dígame, ¿es eso humano?

Cuando yo era pequeño cantábamos una canción sobre una persona que le faltaba una pierna: "¿Dónde va la cojita, que mira un fli, que mira un fla?" Y todos reíamos y cojeábamos. La vida de los niños era burlarse, reírse de los demás, de las desgracias. ¿No ha oído esa vieja canción que dice "...la fuente se rompió"? ¿Y por qué tienen que mencionar hechos desagradables? ¿No podían cantar algo más bonito?

El ser humano está degenerando. Dicen que el hombre desciende del mono. Ojalá no siga descendiendo; porque, ¿a dónde llegaremos? Toda nuestra vida está marcada por la crueldad y las burlas. Yo recuerdo mi niñez. Burlas a los demás y burlas de los demás hacia nosotros. Sí, siempre todos están dispuestos a burlarse de nosotros y a ser crueles. Eso fue lo que pasó. Allí, en la casa de huéspedes donde yo vivo.

Es un lugar lleno de perros. Los perros se parecen a sus amos y ellos a los perros. Mercedes tiene una perra gorda y escandalosa. Manuel tenía un perro grande y salvaje; pero se lo llevó cuando se fue. Juana, la presidenta del Consejo de Vecinos, tiene una perra muy despierta y vigilante. Y la perrita más linda, la más simpática de todos, era la de Ada. Porque así también era Ada. La más hermosa. La más agradable.

Por eso lo que sucedió fue más cruel aún, si cabe esa posibilidad, porque fue con Ada, el ser más hermoso que existía. El ser más hermoso antes de que ocurriera aquello.

Yo puedo hablar de eso porque mi cuarto queda al lado del de ella y yo lo oía todo, conocía sus problemas. Ella y Manuel se pasaban el día peleando. Manuel es un hombre bruto, descuidado. Cuando discutían, él la ofendía. Yo lo oía todo y me daba pena con Ada. No sé cómo ella lo aguantó tanto. Por eso me alegré cuando se separaron. Y su comportamiento fue intachable. Conmigo siempre fue muy amable. Era, hasta cierto punto, cariñosa. De vez en cuando conversábamos y yo le hacía favores. Eso fue por un tiempo.

Después apareció Julio. Comenzó a darle vueltas y la enamoró. Hasta en eso el mundo está mal repartido. Ada merecía algo mejor que un tipo como Julio: el clásico bonitillo. Siempre perfumado, con clips en el cuello de la camisa para mantenerlo tieso. Bueno, eso fue hasta que se enteró de que Manuel también las usaba. Entonces dejó de ponérselas.

Casi cómico, sí. Si no hubiera sido porque… Mercedes, la otra vecina, comenzó a sentirse molesta. Al parecer, ella había pensado que Julio… y al enterarse de que era novio de Ada, le hizo la guerra a la pobre muchacha. No perdía oportunidad de pelear con ella, de discutir por cualquier cosa… Es la crueldad a que estamos acostumbrados. No todo el mundo puede soportar el verse despreciado. Yo también soy un poco así. El ser humano es complejo. Hace cosas extrañas. Todavía cuando lo pienso me impresiono. Porque fue horrible. Sobre todo lo de la sangre. Esas palabras escritas con sangre en la pared. Lo que la policía descubrió fue horrible.

Y después, las investigaciones. Esas odiosas preguntas. Había que pensar, nos decían, recordar cada cosa dicha. Evadí las preguntas. Quizás haya sido que yo no acostumbro hablar mucho, que siempre estoy solo. Y no quería comprometerme. Habría que haber declarado que Mercedes tuvo una discusión con Ada tres días antes del suceso y que le dijo cosas sobre Julio y ella. Pero no lo informé. Yo sabía que los demás lo dirían.

Y también dirían lo que se comentaba, lo de que Julio no estaba muy enamorado de Ada, pues ella le pedía que normalizaran la situación, que se casaran y él decía que debían esperar un poco más para evitar problemas con Manuel. Y que esto lo discutieron varias veces, porque Ada pensaba que Julio le temía a Manuel.

Había muchas cosas que yo sabía y no informé. Como que la noche antes del crimen, Ada y Julio pelearon por lo mismo de siempre y que la bronca fue más fuerte. Ya lo relatarían los demás. "No sé nada, no me acuerdo", dije. Aunque estuve tentado de contar lo de Manuel, lo del vestido. Estuve a punto de decir que hace algún tiempo, cuando Ada y Manuel se separaron, ellos tenían ropa en la tintorería y él fue a recogerla. Y entre la ropa había un vestido de Ada, que él debía traerle. Eso del vestido fue tremendo, pues apareció destrozado una mañana a la puerta de Ada. Había sido rasgado con un cuchillo.

Recuerdo que, en aquel momento, la casa de huéspedes se escandalizó. Y que mandaron a buscar a Manuel y todos estaban en su contra. Él, cuando llegó, dijo una historia que nadie creyó. Contó que había traído el vestido y que era muy tarde y que lo había dejado en la repisa y otras cosas más. Lo importante fue cuando Ada le dijo que era un cobarde y él le respondió y todos se pusieron en su contra. Yo, como siempre, no opiné. Y de eso tampoco informé a los investigadores. "No sé, yo no sé", dije. ¡Qué iba a decir! Todavía estoy alterado por todo. Porque la cosa fue dura. Había que ser un hombre para ver eso. Fue algo realmente cruel.

Una mañana, temprano, apareció el cadáver bajo la escalera. Enseguida llamaron a la policía. Ya eso me puso nervioso. Aunque yo no tenga nada que ver con las cosas, me pone alterado ver llegar a la policía. Y comenzaron las investigaciones. Vieron el cuchillo. Alguien dijo que era extraño que hubieran dejado el arma en el lugar. Después se vio que no, que estaba hecho con intención. Todo fue tan horrible.

Eran muchas cuchilladas. Una casi al lado de la otra. Cada una marcada en rojo y con un hilillo de sangre corriendo por el cuerpo. Carne ensangrentada, pelo ensangrentado. Enseguida la policía vio también el trapo con sangre al lado del cadáver. Era lógico que el criminal hubiera limpiado las huellas del cuchillo con el trapo, dijeron muchos. Pero otros siguieron opinando que, así y todo, no había motivos para dejar el arma en el lugar. La policía no dijo nada.

El cadáver estaba bajo la escalera que lleva al primer piso. El lugar no es muy iluminado y cuando alumbraron con la linterna fue cuando descubrieron las palabras escritas con sangre. Parecían sólo rayas. Pero el que se fijara bien podía ver que eran palabras que tenían un significado.

Y así comenzó lo insoportable: las preguntas. Empezaron por indagar si alguien sabía quién era el dueño del cuchillo. Yo no dije nada. Casi me dolía ver cómo se esforzaban por recordar quién tenía un arma así. Hubiera sido preferible dejar el crimen como estaba, ya que no tenía remedio, y haber vuelto a la normalidad, a las mañanas de conversaciones alegres entre vecinos. Y por momentos me ilusioné pensando que podíamos regresar atrás, borrar todo y olvidar. Pero la realidad me golpeó cuando alguien dijo, no recuerdo quién, que Mercedes tenía un cuchillo como el del crimen.

De ahí en adelante fue peor: el señalamiento del cuchillo equivalía a una acusación. Yo estaba callado, mirando. Porque lo del cuchillo de Mercedes me había intranquilizado. Para colmo, ella, vestida de azul, como siempre, afirmó que también yo tenía uno parecido. Eso me puso muy nervioso. Salí rápidamente para mi cuarto y regresé con el cuchillo. Se lo mostré solamente a la policía, con dignidad. Lo sucedido me había afectado. A otros no. Todos querían ver. La policía los alejó del lugar y cercó la zona para que no borraran las huellas.

¡Ah!, y algo que se me había olvidado: encontraron el pañuelo perfumado. Yo no quise decir que era el mismo perfume que Julio usaba. Los investigadores no preguntaron nada del pañuelo, siguieron con lo del arma. Y sucedió algo que puso a todos en tensión: Mercedes no pudo traer su cuchillo. No lo encontraba, dijo. Hasta se atrevió a insinuar que podían habérselo robado. Los policías, aparentemente, no le dieron importancia al asunto. La emprendieron con el pañuelo. Entonces fue Mercedes la cruel. Enseguida aseguró que era el tipo de perfume que Julio usaba. Y después lo contó todo.

Contó que vivía al lado de Ada y también podía oír las peleas. Dijo lo de las discusiones de Ada y Julio y la discusión grande, la de la noche anterior al crimen, cuando Ada casi le gritó a Julio que no era hombre, que era un cobarde, que no valía nada, que le tenía miedo a Manuel, que no era capaz de matar una mosca. Eso contó Mercedes. Después me miró y no dijo nada más. Y de nuevo me preguntaron a mí. Yo me puse pálido, pues si yo vivía al otro lado, no podía negar que lo había oído. Así que lo afirmé. Yo estaba casi seguro de que Ada había dicho eso.

Lo cierto fue que se formó el careo. Julio, para defenderse, explicó que después de discutir, Ada y él se reconciliaron y que habían decidido casarse. Y sacó a relucir cosas que un hombre debe callarse: dijo que Mercedes odiaba a Ada porque siempre había estado enamorada de él y él no le había hecho caso. Y que tres días antes del crimen Mercedes había discutido con Ada y le había jurado públicamente que eso de quitarle a Julio le iba a costar caro.

Julio insinuó que Mercedes dejó caer un pañuelo perfumado para que sospecharan de él, ya que ella sabía cuál era su perfume favorito. Y que lo hizo aprovechando la discusión que él y Ada habían tenido la noche anterior. Eso dijo Julio y, para terminar, la desafió a que probara que el cuchillo no era de ella.

Los policías no detuvieron el careo. Sólo que uno de ellos trajo el cuchillo del crimen, se lo mostró a Mercedes y le preguntó si era el suyo. Mercedes dijo que no y nadie le creyó hasta que afirmó que el suyo no tenía ningún rasguño en el cabo y éste estaba arañado. Y llamó a Juana, la presidenta del Consejo de Vecinos, y delante de ella juró que su cuchillo tenía el cabo liso. Juana, que lo había usado una vez, también lo afirmó. Todas las miradas estaban sobre Mercedes y el arma. Ella, vestida de azul, corroboró lo del cuchillo.

Pero la calma duró poco, pues acto seguido identificó el trapo ensangrentado como un pedazo del vestido roto tiempo atrás. Entonces Juana explicó que Manuel había roto un vestido de Ada con un cuchillo. Mercedes también comentó algo de eso. Ella, vestida de azul, sólo recordó la amenaza final de Manuel, que dijo: "Me has humillado y te va a pesar".

La policía hizo traer inmediatamente a Manuel. Tenía un arañazo reciente en la mano. Aseguró que se lo había hecho con una cerca en su trabajo... Creo que todos sospecharon de él. Un hombre que es capaz de ensañarse en un vestido también lo es de cometer un crimen. De igual modo había motivos para sospechar de Julio. Podían suponer que lo había hecho impulsivamente para vengarse de las ofensas de Ada y que se le había caído el pañuelo. Dependía de que le creyeran lo de la reconciliación esa misma noche. Por la mañana todo parecía diferente. Hay muchos que cuando ven su pellejo en peligro o el del ser querido, inventan cualquier mentira. Ella. Ése pudiera ser el caso.

Yo estaba nervioso. Los policías no habían encontrado aún el clip en el piso. ¡Y era tan importante! En ese momento probablemente sospecharan de Manuel y de Julio. Al menos casi todos los de la casa de huéspedes sospechaban de ellos. Yo los veía hablar en grupos. Seguro de que se ensañaban en sacar a la luz los defectos de los dos hombres. ¿Y sabe por qué? Porque cada ser humano piensa que cualquiera, hasta él mismo, puede cometer el hecho más horrendo.

¿Me lo puede negar? Cuando uno se entera de un crimen, mentalmente se sitúa en el lugar del criminal. Hay cierto gusto en suponer por qué lo hizo, cómo lo hizo y lo que sintió al hacerlo. Y si el culpable no ha sido descubierto, hasta surge como una pequeña identificación con él. ¡Ah!, pero cuando es capturado, viene el ensañamiento. Porque es necesario romper con la imagen del que hizo lo que uno teme llegar a hacer cualquier día. Ésa es la crueldad. ¿No cree?

Y en la crueldad fuimos criados. ¿Quiere algo más cruel que la vida infantil? Yo recuerdo mi niñez, los cuentos que me decían para entretenerme. El soldadito de plomo: era cojo, se lo comió un pez; y después, cuando parecía que iba a alcanzar la felicidad, murió quemado en una chimenea, junto a su novia.

Eso de la ternura es falso. Los niños quieren muerte, ensañamiento. "El ratoncito Pérez cayó en la olla, por la golosina de la cebolla." Cayó en la olla, murió ahogado y quemado en agua hirviente. ¿Quiere usted muerte más horrible? Y los niños se deleitaban con esos cuentos. Porque había crueldad.

Nos burlamos de los demás para no burlarnos de nosotros mismos. No, no se ría. Es cierto. Los hombres se burlan de todo, con crueldad. ¿Me lo va a negar? Yo sé que es cierto. Y con esa misma crueldad se burlan de los que son algo torpes, de los que son... un poco nerviosos... como yo.

¡No! ¡No me diga que no! Eso es cierto. Se burlan de los que somos así... atolondrados. Yo lo he sufrido en carne propia, diariamente, a través de toda mi vida. He tenido que soportarlo siempre, desde mi niñez. Desde aquellos días en que...

Fue cuando lo de mi padre. Él maltrataba a mi madre. Y nos abandonó. Nos dejó en la total pobreza. Y nadie nos ayudó. ¡Qué crueldad! Nadie, nadie. Y llegamos a la miseria, porque mi madre no conseguía un trabajo decente. Y tuvimos que hacerlo. Fue humillante, pero tuvimos que hacerlo para comer: pedimos limosna. Lo tengo clavado en la mente. Lo recuerdo porque un día unos niños bien vestidos que pasaron por el lugar donde nos sentábamos mi madre y yo, miraron mis ropas y se echaron a reír. Fue una risa cruel. Y desde ese día lo siguieron haciendo cada tarde, cada vez que pasaban frente a nosotros. Se burlaban de mí, de mis ropas. Se burlaban de mi madre. Y tuve que soportarlo. Porque ella me contenía, debido a que los padres de esos niños nos daban la limosna que necesitábamos para comer. Tuve que soportarlo todo el tiempo que duró. Y desde entonces, durante toda mi vida, la gente se ha estado burlando de mí. Sí. He tenido que soportar humillaciones durante toda mi juventud y desprecios de las muchachas que se reían en mi propia cara debido a mi torpeza, a mis nervios.

La crueldad humana no tiene límites y todos han sido crueles conmigo. He tenido que soportar los comentarios al pasar por la calle, las miradas y los cuchicheos. Porque yo sabía que hablaban de mí. Para mayor humillación he sufrido que me cambiaran el nombre. Y dejé de ser Cristóbal para ser, simplemente, Tobita.

Tobita. ¿Es eso un nombre acaso? No, es el desprecio hacia otra persona. Porque ese Tobita, ese apodo, indica debilidad, incapacidad. Yo lo sé. Siempre lo he sabido, porque no es más que la mayor de las burlas que me ha torturado día a día por parte de todos... ¡No, no me lo diga! Yo sé bien que hay diferentes maneras de burlarse, de ser cruel. Como aquella vez, lo recuerdo, que Juana, la del Consejo de Vecinos, se me acercó para que fuera a una reunión. Pero, ¿podía yo confiar en ella? No. Se estaba burlando. O cuando todos me embullaron para que fuera al Consejo, para que ayudara. ¿Podía creerles? Imposible. Ellos me conocían, sabían de mis problemas y lo hacían para burlarse. Yo quería ir pero no podía. Por eso me embullaban, para burlarse luego de mí. Ada no. Ada no era así conmigo. Ella me decía las mismas cosas, pero era diferente. Y mire usted lo que pasó. El único ser en este mundo que me trataba como una persona, como a un igual, tuvo que terminar como lo hizo. ¡Es la crueldad! ¡Se lo estoy diciendo!

Perdóneme si le he gritado. Pero es que esto de Ada me ha afectado más a mí que a nadie, aunque usted no lo crea. ¿O quizás sí me cree? Es que Ada sí me atendía. Yo odiaba a Manuel. No podía soportar cómo le gritaba a Ada, cómo le peleaba. Mucho me alegré cuando se separaron. Sí, me alegré. Y tenía miedo. Tenía temor de que se reconciliaran; porque sabía que a Ada no le convenía ese hombre.

Por eso le hice ese favor. Por eso rasgué el vestido con mi cuchillo aquella noche para que creyera que había sido Manuel y se pelearan definitivamente. Y lo logré. Y seguí haciéndole favores a Ada. Tenía la esperanza de que se fijara en mí. Hasta me parecía que me miraba diferente, como si comprendiera mis sentimientos. Y me ilusioné. Pero no me atreví a decirle nada. Quizás por eso no me hizo caso.

Un día me enteré de que se había hecho novia de Julio. Ella lo prefirió antes que a mí. Me siguió tratando bien, pero nada más. Y yo comencé a cuidar mi aspecto personal. Si Julio logró enamorarla, yo también podía. Me compré perfumes y traté de arreglar mi apariencia, de lucir bien. Pero no logré nada. Y mi odio hacia Julio creció. Yo sabía que él no la quería como la podía querer yo: porque Ada fue la única persona que me hizo sentir bien en la vida. Sí, no se lo niego: yo odié a Julio. Y fui yo quien le señaló a la policía la relación entre lo que había dicho Ada de que Julio no era un hombre y lo que estaba escrito con sangre en la pared: "Yo soy un hombre".

Lo dije porque en ese momento deseaba que se lo llevaran preso. Y es que yo, sin quererlo, también aprendí a ser cruel. Por eso me robé el cuchillo de la cocina de Mercedes esa noche. ¿No quiere creerme? Pues sí, lo hice. Fui capaz de robarlo. Lo cogí porque se parecía al mío y me gustaba.

No, yo sé que le asombra, ¿verdad? Que Tobita haya hecho algo parecido. Pues sí, me volví cruel como todos. Fue lo que dijo Ada, sus palabras, que yo escuché a través del tabique, lo que me movió a hacerlo. Ella quería insultar a Julio y al que ofendió fue a mí. Me hirió los sentimientos, los destruyó cuando casi le gritó a Julio: "Tú no vales nada. Eres un cobarde. Le tienes miedo a Manuel. No eres capaz de matar una mosca". Y después dijo bajito: "Eres... eres igual a... Tobita".

Eso dijo. Estoy seguro de que lo oí. Y lloré mucho. Ada era para mí algo... no sé. Usted me comprende, ¿verdad? Y Ada me falló. En un momento descubrí la verdad de todo: ella también me despreciaba. Y quise verla muerta. Decidí hacerlo para demostrarle que yo sí era un hombre.

Así la maté. Le di muchas puñaladas para que vieran que no tenía miedo. Escribí bien claro con sangre en la pared: "Yo soy un hombre", para que todos lo supieran. Ella primero que nadie.

Y después reí mucho. Lo había logrado. Lo había hecho. Por una vez en la vida había realizado una acción digna. Lo había llevado todo hasta las últimas consecuencias, decidido, con fuerza. Y entonces pensé en eso: ...hasta las últimas consecuencias. ¿Qué vendría luego?

Tuve miedo. Sentí temor de la crueldad humana. ¿Qué me harían cuando descubrieran todo? Tenía que evitar que supieran que había sido yo. Y saqué de abajo de mi almohada un pedazo del vestido que rompí aquella noche y limpié con él las huellas del cuchillo. Y fui cruel. Lo fui cuando dejé el arma sabiendo que podían culpar a Mercedes. Lo fui cuando dejé caer un clip para que sospecharan de Julio o de Manuel. Fui cruel porque tuve miedo. Pero lo hice. Me sentía nervioso y contento a la vez y no me di cuenta de cuándo se me cayó el pañuelo. Fue una suerte, ¿no cree? Porque sospecharon de Julio por el perfume: yo no expliqué nada. Es cómico. Sin decir nada, acusé. Lo acusé de... eso.

¿Qué pasará ahora? Debo estar contento. Lo hice y aquí estoy. Lo logré, ¿no cree? ¿Quién me iba decir a mí que yo, yo, estaría alguna vez aquí? Lo he demostrado. Soy capaz. El futuro no me importa. Lo sucedido fue más importante. Lo que pasó. Lo que...

La policía sospechó de mí porque yo era el único que había podido leer las palabras escritas con sangre en la pared. Sospecharon de mí, pero no dijeron nada. Siguieron en la búsqueda del cuchillo. Le preguntaban a todos: a Julio, a Juana, a Mercedes. Y fue ella, siempre vestida de azul, quien dijo recordar que mi cuchillo tenía un rasguño en el cabo, como el del crimen. Era mi cuchillo el que había aparecido junto al cadáver.

Ahí terminó todo. Ése había sido mi error: confundí los cuchillos y utilicé el mío. Y el que creía mío, el que guardé, era el de Mercedes. Así comprobaron el robo del arma. Hicieron un registro en mi cuarto. Encontraron un pomo de perfume igual al que tenía el pañuelo. También un pedazo del vestido rasgado. Y me señalaron como culpable.

Todos estaban asombrados. Resultaban cómicas sus caras de asombro mirando a Tobita, al tonto Tobita, caminando entre los policías, erguido, culpable.

Y es que no era Tobita. Era Cristóbal. Cristóbal había sido capaz de hacerlo. Y aquí me tiene en este pabellón inventado por la crueldad humana. Esperando el final del cual nadie se burla. Demostré que era un hombre y mire cómo tengo que pagarlo. ¿Por qué no se ríe? Ríase conmigo. Mire cómo me divierto. Me da risa ver al mundo.

¿Y usted me quiere convencer a mí? ¿Qué puedo pensar de los demás si ellos me han traído hasta aquí? ¿Quiere que esté tranquilo? No puedo, lo confieso. ¿Usted nunca ha esperado la muerte? Quiero llorar. Pero no tema. No haré nada. No me... ¡Escúchelos! Vienen ya. Esta vez sí vienen. Por favor, no deje que me lleven. Son ellos. Vienen por mí. La puerta se abrió.

¡Aaayyy!

¡No! ¡Llévensela! ¡No la traigan más! ¡No puedo verla! ¡Llévensela! Usted, usted, por favor, llévesela usted. No puedo, no puedo verla. Ada, ella, vestida de azul como siempre. Ada, que le dijo a la policía que yo tenía un cuchillo igual al del crimen. No puedo verla. Ada, ella, que todo el tiempo de la investigación estuvo vestida de azul al lado de Julio, para que la policía no sospechara de él, para que vieran que estaban reconciliados.

La odio. Después de que la maté se aparece a pedirme que me cure. ¡No puede estar viva! ¡No quiero verla! Ella está muerta y ustedes me la traen. Quieren volverme loco. ¡Usted, doctor, llévesela! Yo la maté. No me hable más de la perrita. No quiero. Ada no puede estar viva. No lo resisto. Llévensela, porque si no... Voy a hacerlo de nuevo. La voy a... ¡Ahh!

¡No! ¡No! Otra vez esos hombres. Es la muerte que viene a buscarme. Dígales que me suelten. No, mátenme de una vez. Pero no me amarren más. Máteme, doctor. Yo soy un asesino, un hombre. Yo no maté a la perrita. Estas paredes blancas. Yo maté a Ada, a ésta. Las cuchilladas, los pelos llenos de sangre. No fue a la perra, ¿verdad, doctor? Fue a ella. Yo fui capaz de matarla a ella. ¿Cómo me va usted a hablar de la perrita? ¡Ay, no tengo brazos! No sea cruel, doctor. ¡Yo soy un hombre! ¡No! Quiero irme. ¡Doctor, haga algo!

Yo la maté a ella, a Ada. A la perrita no le hice nada. Tengo sueño. ¡Soy un hombre! Doctor, doctor, los niños... Los niños se burlan de mí. Yo soy un hombre. Se ríen de mí que pido limosna. Se me va la cabeza. Se ríen de mi madre. No los deje, doctor. No puedo soportarlo. Se burlan de mis ropas. Y yo soy un hombre. Tengo sueño. Los niños se ríen, doctor. Se ríen de mí, que pido limosna. Y yo la maté. No fue a la perrita. Fue a ella. Tengo sueño. No sean crueles. No...

FIN

ÍNDICE

Prólogo 7
Dioses y orishas 11
Querido subcomandante Marcos 25
Sinflictivo 55
Las reglas del juego 67
Descanse en paz, Agatha Christie 83
Policía 107
Ella murió 137
Lección 26 161
Un hombre toca a la puerta, bajo la lluvia 171
Tobita 179